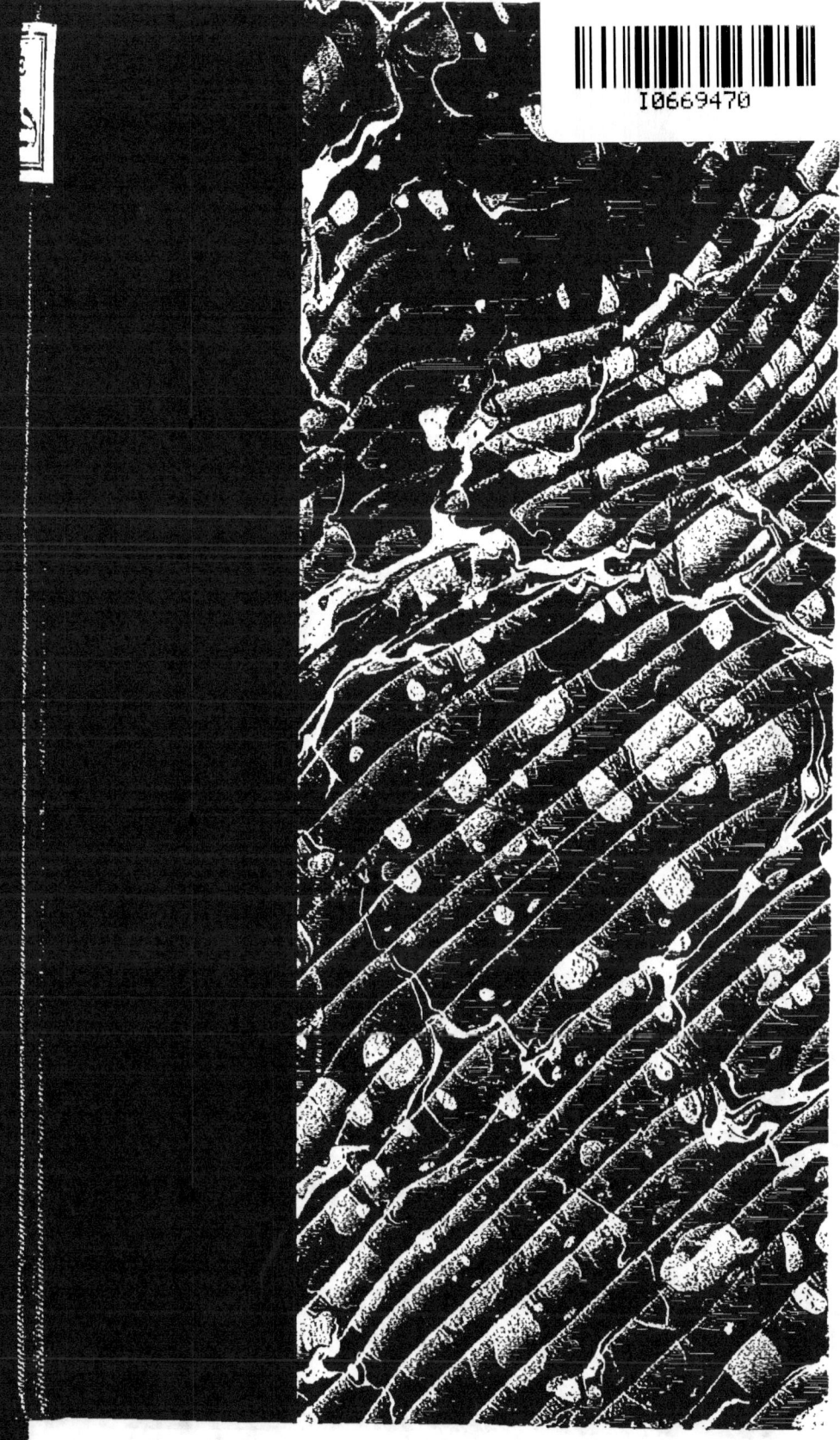

OBERT 1985

# ŒUVRES COMPLETTES
## EN VERS,
### ET
## EN PROSE.

*Par M. DORAT, ci-devant Mousquetaire.*

Recueillies & retouchées par lui-même.

NOUVELLE ÉDITION AUGMENTÉE.

## SECONDE PARTIE.

# A PARIS,

Chez SEBASTIEN JORRY, rue & vis-à-vis la Comédie Françoise, au Grand Monarque & aux Cicognes.

M. DCC. LXIX.

*Avec Approbation & Privilege du Roi.*

# RÉFLEXIONS

## SUR

# LE POEME ÉROTIQUE.

UN chat pendant une nuit d'orage, se glisse dans une voliere & emporte une tourterelle ; voilà tout le Sujet de ce Poëme. Le fond de Ververd, le plus ingénieux badinage qu'aucune langue ait jamais produit, n'eft peut-être pas plus riche ; mais le fond le plus aride, s'étend, se féconde, s'embellit sous la main d'un Peintre habile qui à le secret des couleurs, & malheureusement, l'aimable & pareffeux Auteur de la Chartreuse, en renonçant à peindre, a jusqu'ici gardé son secret & ses pinceaux. La molle facilité, la mélancolie douce, ces graces que leur négligence ne rend que plus intéreffantes, se font avec lui réfugiées dans sa retraite ; & il ne nous a laiffé que de froids imitateurs, à qui un remord de conscience fiéroit beaucoup mieux qu'à lui. Cependant, en rendant justice à ses maîtres, il ne faut jamais perdre l'espérance de marcher sur leurs traces. L'admiration exclusive eft le tribut de la foibleffe, & l'Art a des reffources qui se multiplient, à mefure qu'elles semblent s'é-

A 2

puiser. La Poéfie eſt un champ vaſte, où l'on moiſſonne dans tous les temps ; & qui veut battre la plaine rencontre des réduits moins fréquentés, des eſpeces de réſerves où les fleurs ſont plus fraîches, plus abondantes & plus nouvelles. Le Poëme Erotique, par exemple, me paroît offrir des beautés, ſi-non tout-à-fait neuves, du moins beaucoup plus rares dans notre langue. Nous avons eu, pendant quelque temps, la fureur de l'Epopée : de-là ſont nés la Moiſiade, Chil-debrand, la Magdelaine, la Pucelle de Cha-pelain, & tous ces Monſtres épiques qui ſont rougir le goût & la raiſon : la légéreté de notre caraĉtere, notre Religion auguſte, mais triſte, ſur-tout la monotonie faſtidieu-ſe de notre rime, peuvent ne pas convenir à cette ſorte de produĉtion ; & il ſalloit l'heureuſe hardieſſe de l'Auteur de la Hen-riade, pour lutter contre tant d'obſtacles, qu'il avoue lui-même n'avoir pas tous ſur-montés.

MALHERBE & Rouſſeau ont élevé l'Ode à ſon plus haut degré de perfeĉtion : la Motte après eux n'a réuſſi qu'à être médiocre. Se-grais mit l'Eclogue à la mode : les Madri-gaux champêtres de M. de Fontenelle nous en ont dégoûtés. Madame Deshoulieres a réuſſi dans l'Idylle ; & il n'eſt plus poſſible de chanter, après elle, les Fleurs, les Ruiſ-

feaux & les Moutons. Pour la Fable
& le Conte, la Fontaine ne laiffe prefque plus rien à faire : Boileau nous a enrichis de tous les tréfors de la Poéfie di-
daEtique : heureux, s'il n'avoit pas eu le
fuccès déshonorant de la Satyre ! Regnier,
Grécourt, Vergier, & quelques Ecrivains
de nos jours, ont porté, aufli loin qu'il
pouvoit aller, le Cinifme de la Poéfie li-
bertine. M. de Voltaire, ce compofé de
tous les efprits, & fi l'on peut le dire,
le fublimé de toutes les imaginations qui
l'ont précédé, a été & eft encore tout ce
qu'il veut être. Enfin, nous avons des richeffes innombrables dans tous les genres,
excepté la Poéfie érotique ou voluptueufe ;
pour vingt Clinchftel, à peine pourrions-
nous citer un l'Albane. Qu'on ne m'oppofe point la foule de nos Chanfons & de
nos Poéfies légeres, brillantes effervefcences
du génie François, en général plus badines
que délicates, plus galantes que tendres,
& plus penfées que fenties. Chaulieu, fans
doute, a connu la volupté ; mais il ne l'a
chantée que par faillies ; il en eut toujours
la chaleur, jamais le recueillement : fes
ouvrages font des éclairs ; & les émotions
qu'il donne font fi promptes, que l'ame
n'a pas le temps de les raffembler, & d'en
former ce fentiment, ce taEt intérieur &
délicat, qui feul conftitue le plaifir. Cela

A 3

n'empêche pas, que Chaulieu ne foit un Poëte charmant, plein de graces, de naturel, & quelquefois de Philofophie.

PAR la forte de Poëme que j'examine ici, j'entends un Ouvrage, divifé par chants, dont l'intérêt feroit gradué & continu, où l'on trouveroit, tour-a-tour, de la gaîté fans emportement, de la mélancolie fans triftefle ; dont les couleurs feroient toujours fraîches & animées ; où les paffions n'auroient qu'une flâme infinuante & douce, & qui reproduiroit à nos yeux toutes les teintes riantes du tableau de la Nature. La caufe de notre difette à cet égard, vient certainement du fond même de nos mœurs. Toujours diftraits, toujours emportés par des courans étrangers, nous ne fommes point affez maîtres de notre ame, pour y recevoir ces fenfations paifibles dont je viens de parler. Tout gliffe fur nous : à force de voir, nous ne voyons rien : notre imagination eft trop occupée, pour que notre cœur le foit. Tous les objets fucceffifs, que notre tourbillon promene fous nos yeux, nous fommes prompts à les faifir, & fûrs de les bien peindre : mais le plaifir, qui n'eft gueres parmi nous qu'un délire de convention ; les peintures qui s'en rencontrent dans nos écrits, font, en général, factices, comme ce plaifir même ; c'eft un verre terne à travers lequel on cherche à entrevoir les rayons du jour : le temps que nous confumons à être amufés eft autant de pris fur le temps que nous devrions employer à être heureux ; & nous ne connoiffons pas l'expreffion du bonheur , parce que nous en avons rarement la réalité.

Je crois que plus un peuple eft corrompu , moins il doit être voluptueux : c'eft que la vraie volupté tient à la naïveté de l'innocence , au calme d'un cœur que la vertu tranquilife , & au petit nombre des befoins. Les jouiffances trop multipliées font néceffairement trop rapides : & qu'eft-ce qu'un plaifir auquel ne furvit pas le charme de la réflexion , & qui meurt dans l'ame , fans y laiffer de traces , fi ce n'eft un vuide immenfe que d'autres plaifirs ne rempliront pas mieux? Tels font les objets que nos Ecrivains ont fous les yeux , & la froideur du modele doit naturellement fe communiquer à la copie. Les Allemands , ces efprits tardifs à qui nous avons appris lentement à devenir nos maîtres , les Anglois fi fombres & fi durs en apparence , font plus voluptueux que nous dans leurs écrits. Les Poéfies des Haller , des Viéland , des Gefner , chez les uns ; chez les autres , celles des Chaucer , des Spenfer , des le Prior , des Pope , refpirent ce caractere de tendreffe , de douceur

A 4

& de vérité, que nous defirons dans les nôtres. A trente Poëmes qu'ils ont dans ce
genre, nous ne pouvons gueres oppofer
que l'Adonis de la Fontaine, & le rajeu-
niffement inutile : je ne parle point du
Lutrin ; c'eft un Poëme Satyrique. Verdverd
lui-même n'eft qu'une Critique légere & badine des vétilles du Cloître : je ne m'ap-
puyerai pas non plus de quelques * Poëmes
charmans que les graces ont dictés, & que
la modeftie renferme : ce font des fleurs qui
n'ont encore paru qu'aux yeux de l'amitié,
& qui gagneroient fans doute à s'épanouir
au grand jour du Public ; mais on ne peut
fe vanter des richeffes dont on ne jouit pas ;
& d'ailleurs elles ne font pas, tout-à-fait,
dans le genre dont il eft queftion.

D'où vient donc que, dans ce même
genre, les deux nations que je viens de
citer, font infiniment plus créatrices &
plus fertiles que nous ? c'eft que, chez elles
les hommes font plus concentrés, & vi-
vent davantage avec eux-mêmes, nourriffent
dans le filence cette fenfibilité qui s'évapore
dans nos cercles, & vont chercher la nature dans le fanctuaire de la folitude ; c'eft
qu'ayant beaucoup moins de diftractions ils
fe repofent avec complaifance fur toutes
les émotions douces qu'ils éprouvent, &

* L'Att d'aimer de M. B. Les Saifons, de M. de S.L.

prolongent les plaifirs de l'âme par l'exercice de la penfée. Voilà ce qui donne à leurs ouvrages, même agréables, cette profondeur de fentiment & cette chaleur pénétrante, dont nous n'avons le plus fouvent que la grimace & la prétention.

Quoiqu'il en foit, le Poëme Erotique, comme on vient de le voir, offre, à qui voudroit ou pourroit la courir, une carriere beaucoup moins rebattue que les autres : c'eft un rameau de la Poëfie qui a toute fa féve, toute fa force, & fa fraîcheur.

Mais nous fommes dans un fiecle où ces branches nouvelles doivent êrre négligées, indépendamment même des raifons que je viens de rapporter. L'efprit de recherche & de combinaifon, qui a produit d'autres biens, a nui au progrès de la Poéfie ; de celle fur-tout qui ne fe rapproche pas de cette influence Philofophique, répandue fur toutes les parties de la Littérature.

A tous ces obftacles fe joint le goût exclufif que, depuis quelques années, nous avons montré pour la carriere dramatique ; c'eft affurément la plus féduifante, la plus flatteufe, celle où les fuccès doivent enivrer davantage ; mais n'eft-il pas pitoyable, que toutes nos jeunes Mufes pourfuivent indif-

crettement ce météore brillant qui leur
échappe presque toujours , & ne laisse à sa
place que l'éclat du ridicule ? Tel fut prédestiné à faire de jolies chansons , qui a l'intré-
pidité d'écrire une Tragédie ; & je crois que
si Scarron revenoit parmi nous , on lui
conseilleroit de travailler dans le genre
pathétique ; ( car on se donne bien de garde de déroger jusqu'à la Comédie ) à cet
égard la folie du Public me paroît toute
simple : il entend ses intérêts : le Théatre
lui offre cent plaisirs réunis , auxquels rien
ne peut suppléer : c'est-là qu'il est Tyran
ou protecteur ; qu'il distribue la gloire où
le ridicule , & qu'il forme un corps redoutable , hérissé de tous les traits de la mali-
gnité : c'est-là qu'on le flatte , qu'on le ca-
resse , & qu'il s'éleve un trophée des amours-
propres qu'il humilie , & des réputations
qu'il fait : il jouit en présence , &
des craintes du Poëte , & des soumis-
sions de l'Acteur : il satisfait ses haines aveugles , ses prédilections qui ne le font pas
moins ; en un mot , c'est un Monarque entouré d'Esclaves , dont il affranchit quel-
ques-uns , & dont il immole le plus grand
nombre. La gloire que l'on acquiert sourde-
ment loin de ce Tribunal , est un larcin
que l'on fait à ce Public jaloux , dont les
traits sont bien moins à craindre , quand
ils sont éparpillés. Cette gloire est cepen-

dant la feule que la plupart de nos Ecrivains devroient ambitionner : tous les efforts
qu'ils font pour atteindre à la palme du
Théatre, ne fervent qu'à les épuifer, & les
rendre incapables de cueillir même un laurier plus facile. Pourquoi ne pas confulter
fes forces, fur-tout cet attrait que l'on a
reçu de la nature ? Lui feul applanit les difficultés, dépouille le travail de ce qu'il a
d'épineux, & abrége le chemin qui mene
à la confidération. Mais on diroit aujourd'hui
que tous les efprits fe reffemblent, & qu'ils
ont perdu cette empreinte originale qui dif-
tinguoit chacun d'eux, dans les beaux fie-
cles de la Littérature. Un fuccès dans un
genre entraîne tout le troupeau fervile des
imitateurs ; ils ne voient que le prix, fans
mefurer l'intervalle qui les en fépare. Cela
n'annonceroit-il pas un relâchement réel dans
les refforts de l'efprit humain ? La variété de
la nature prouve fa force, & fes reffources ;
elle s'appauvrit, felon moi, dès qu'elle devient uniforme.

Au refte, je foumets ces réflexions nées
fous une plume fans prétention & fans projet,
à des Juges plus éclairés. J'ai le defir de
m'inftruire, & non l'orgueil de décider.

La Bagatelle que je préfente au Public, a
donné lieu à mes idées ; mais, de bonne foi,

je fuis loin de penfer, qu'elle en rempliffe l'étendue. Je demande, avant de finir, qu'on me permette un mot de juftification pour les Héroïnes de l'Ouvrage. Ce que c'eft que l'Efprit Philofophique ! Il ne refpecte rien : Religion, Gouvernement, & le Profane & le Sacré, tout eft foumis à la cenfure de ce fiecle frondeur & inftruit ; mais, à coup fûr, un de fes plus grands attentats eft d'avoir attaqué la fidélité des Tourterelles. En vain les Poëtes toujours fi véridiques, les avoient mifes en poffeffion de cette vertu ; en vain les Amans les en ont félicitées cens fois, dans leurs langoureufes complaintes : il exifte, dit-on, une Differtation fcandaleufe & fulminante, qui leur difpute ce précieux avantage, & les range dans la claffe des Oifeaux volages & libertins. M. de Voltaiere lui-même n'a-t-il pas dit ?

. . . . . . La Tourterelle,
Qu'on a cru fauffement des Amans le modele.

Peut-on deshonorer les gens avec cette légéreté ? Voilà comment, d'un trait de plume, on flétrit les réputations les mieux établies. Pour moi, à des autorités fi graves, je ne veux oppofer que mon expérience. Je fuis à portée de juger des mœurs de celles qu'on accufe ; j'ai, fous mes yeux, leur amour, l'union de leur ménage, leurs ten-

dres careffes; & je dois la vérité à l'innocence qu'on opprime.

A l'égard de ce Poëme , c'eft un badinage que fa frivolité met à l'abri de la critique ; & je ne reclame point l'indulgence
de ceux qui me liront ; parce que je n'imagine pas qu'ils puiffent fe donner la peine
d'être féveres. D'ailleurs , je fuis parvenu à
badiner avec le foible talent que la nature
m'a donné : ne l'appréciant que ce qu'il
vaut , j'ai éludé fa tyrannie , & n'en ai fait
que l'inftrument de mon plaifir. Malheur à ces Ecrivains fufceptibles , à ces
Martyrs Littéraires , dont l'amour-propre chatouilleux prête le flanc de tous
côtés ; qu'un rien affecte , qu'un rien aigrit ;
qui n'aiment ou ne haïffent qu'à propor-
tion du prix qu'on attache à leurs Ouvrages ;
Infortunés , toujours mécontens des autres
à force d'être contens d'eux-mêmes ; qui
fubordonnent leur bonheur à l'art puérile
d'accumuler des rimes , & fe repaiffent trif-
tement du petit orgueil de tranfmettre leurs
rêves à la poftérité ! de tous les Fous , femés fur ce globe , ce font les plus mornes
& les plus infupportables. La gloire eft
fans doute une chimere éblouiffante que
l'homme né fenfible & fuperbe ne fçauroit
dédaigner ; mais il faut la traiter comme
ces Maîtreffes capricieufes & coquettes , dont

on n'obtient les faveurs qu'en paroiſſant ne
les pas trop deſirer. Ce que la Poéſie a
de reël pour un Philoſophe, c'eſt qu'elle
nourrit la ſenſibilité, étend l'imagination,
& fixe, pour quelques inſtans, une ame
qui s'évite, & un eſprit qui ſe redoute :
c'eſt que, dans ces momens, où tout eſt
ſombre autour de nous, elle devient un
Priſme heureux qui colore & embellit l'U-
nivers : c'eſt qu'elle nous aide enfin à charmer l'ennui qui eſt après le crime, le plus
horrible fléau de l'humanité.

# LES
# TOURTERELLES
## DE ZELMIS,
### POËME.

### CHANT PREMIER.

L'HYVER ceſſoit d'attriſter la nature,
L'Oiſeau déjà chantoit ſous la verdure,
Et méditoit de nouvelles ardeurs.
L'air exhaloit les plus douces odeurs;
Sur l'univers, l'Amour battant des aîles,
De ſon flambeau ſemoit les étincelles;
Arrondiſſoit la voûte des berceaux,
De frais jaſmins enlaçoit leurs rameaux;
Rioit de voir la rêveuſe Egérie,
En ſoupirant errer dans la prairie,
Cueillir des fleurs, &, le ſein agité,
Sans le ſçavoir, chercher la volupté.

DANS ces inſtans que faire dans les Villes ?
J'abandonnai nos faſtueux aſyles,
Et m'envolai vers ces ſimples réduits,
Voiſins des lieux habités par Zelmis.

O nom facré que je redis fans ceffe !
O nom fi beau de ma belle Maîtreffe !
Toi qui me 'peins des fouvenirs fi chers ,
A tout moment , reviens orner mes Vers.

JE n'allois point porter dans ma retraite
D'un cœur ufé la froideur inquiete ;
Ces froids dégoûts & ces longs repentirs
Prefque toujours nés du fein des plaifirs ;
Des fens perdus , un efprit fans foupleffe ,
Un foible corps , vieilli par la moleffe.
J'avois fouftrait à l'haleine des vents ,
Tout ce qu'il faut pour jouir au printemps.
L'œil enflâmé , l'ame encor neuve & pure ,
J'allois chercher Zelmis & la Nature.

LIBRE de crainte , exempt d'ambition ,
Ivre d'amour , Amant de la Raifon ,
Je m'occupois de ces fimples ouvrages ,
Paifibles foins , premiers travaux des Sages.
Le bras armé de flexibles cifeaux ,
Je dirigeois mes jeunes arbriffeaux.
Je ramenois les branches égarées ,
Calmois la foif des plantes altérées :
Ma main toujours du matin jufqu'au foir
Tenoit la ferpe ou panchoit l'arrofoir.
Là j'oubliois tout ce peuple frivole ,
Peuple d'enfans courbés devant l'Idole :
Il faut un monde aux vœux d'un Conquérant ;
Mais un jardin remplit ceux d'un Amant.

SOUS des Tilleuls qui , mêlant leur feuillage ,
Aux feux du jour oppofoient leur ombrage ,
Une voliere , en ces réduits charmans ,
Emprifonnoit mille oifeaux différens.
Des fils dorés entouroient cette enceinte ,

Où l'on chantoit, où l'on aimoit fans crainte.
De toutes parts mille arbuftes femés
En couronnoient les lambris parfumés.
Du fein dés fleurs une eau riante & pure,
En jets brillans atteignoit la verdure.
Pour les élus, dans ce lieu réunis,
L'amour par-tout avoit pofé des nids.
On y voyoit la Linotte étourdie,
Allant, venant, toujours vive & hardie,
Et la premiere à faluer le jour,
Rendre gaîment fon hommage à l'amour :
A fes côtés, le ferin plus tranquille,
Amant plus tendre & chantre plus habile,
Qui fe taifoit, pour écouter la voix,
Les fons plaintifs de l'Amphion des bois.
Fuiant la foule & les plaifirs vulgaires,
Des Tourtereaux, Amans plus folitaires,
Bornés au foin d'être toujours heureux,
Chantant moins bien, ne s'en aimoient que mieux.
J'en reçus deux, puis-je compter leurs charmes,
Puis-je en parler, fans répandre des larmes ?
J'en reçus deux de la main de Zelmis,
Qui dès long-temps m'avoient été promis.
Tendre Nitor, ô Blandule plus tendre,
Oifeaux plus chers, que tous ceux du Méandre !
Leur col d'albâtre en blancheur furpaffa
Le Cigne heureux qui féduifit Léda.
Peindrois-je bien leurs graces immortelles ?
Leurs pieds de rofe & l'argent de leurs aîles ?
Leurs doux foupirs, leur amoureufe ardeur;
Leur beau plumage auffi pur que leur cœur ?

ZELMIS voulut, ô fouvenir que j'aime ?
Dans leur prifon les conduire elle-même ;
Et de fa main à mes yeux les plaçant,
Multiplier & parer fon préfent.

Lorfque Zelmis entr'ouvrit le treillage,
Que vis-je, ô Dieu ! quelle riante image !
Tous les Oifeaux, qu'elle enchanta foudain,
L'environnoient de leur folâtre eflain.
A fon afpect, aucun n'étoit farouche :
Leurs becs ardens s'humectoient fur fa bouche.
L'un voltigeoit autour de fes cheveux :
De fes rubans l'autre agitoit les nœuds :
Mais ceux hélas ! qui l'aimoient dés l'enfance.
Et qu'elle alloit priver de fa préfence,
Ceux-là fur-tout ne peuvent la quitter :
A les reprendre ils femblent l'inviter ;
Semblent lui dire, implorant fa tendreffe :
Qu'avons-nous fait, ô charmante maîtreffe ?
Ils fe fauvoient, fe cachoient dans fon fein ;
Ils connoiffoient un auffi doux chemin.
En vain chaffés par une main fi belle,
Toujours, toujours ils revoloient près d'elle,
Et redoublant leurs accens douloureux,
Lui roucouloient les plus triftes adieux.

Nos deux captifs peu faits à l'efclavage,
En longs regrets confumoient leur bel âge ;
L'Amour ordonne, ils vont être foumis :
Lui feul pouvoit confoler de Zelmis.
Jeune Blandule, il eft temps d'être mere ;
Et que Nitor fente l'orgueil d'un pere.
Je vois déjà ton plumage argenté,
Auprès de lui frémir de volupté :
Pour l'attirer, tu le fuis avec grace :
Son bec déjà dans le tien s'entrelace :
En lui cédant, tu caches tes defirs ;
Et ta pudeur a doublé fes plaifirs.

Ce couple ainfi rappellant fon courage,
Se renfermoient dans les foins du ménage,

S'entrebaifoit , réchauffoit , tour-à-tour ,
Ses tendres œufs , doux fruits de fon amour.
De la voliére il étoit le modéle.
On leur laiffoit la branche la plus belle :
Par les attraits & fur-tout par les mœurs ;
De jour en jour ils conquéroient des cœurs ;
On les ciotit ; & leur conftance extreme
En impofoit au Moineau-franc lui-même.

AH ! laiffons-les paifiblement jouir
De ce bonheur , qui va s'évanouir.
Tout ici-bas eft mêlé d'amertume :
La rofe naît ; le Soleil la confume ,
Et les Humains comme les Tourtereaux,
Dans les plaifirs ont le germe des maux.

# CHANT SECOND.

QUELS doux parfums, & que l'air eſt tranquille !
Des arbriſſeaux la tige eſt immobile ;
Le Ciel plus pur : dois-je en 'être ſurpris ?
C'eſt aujourd'hui la Fête de Zelmis.
Humbles gazons, vous ſervirez de trônes :
Flore, Zéphirs, préparons des Couronnes :
Que ces boſquets ſoient peints de vos couleurs ;
Que ces rameaux ſoient des branches de fleurs.
Que l'art ici, l'art par qui tout s'altere,
Ne mêle point ſa parure étrangere.
Qu'ai-je beſoin de ces dais faſtueux,
Où l'or ſemé vient fatiguer mes yeux ?
De ces tapis, où l'adroite impoſture
Péniblement contrefait la Nature ?
Seule elle doit embellir ce ſéjour,
Et former ſeule un Temple pour l'Amour.
Toi qu'elle anime & que ſon ſouffle éveille,
Dieu du Printemps, prête-lui ta corbeille ;
Sous ces berceaux, par vous-même arrondis,
Uniſſez-vous pour recevoir Zelmis.

ELLE va donc, ſous ce naiſſant ombrage,
Se repoſer, ſourire à mon ouvrage !
L'air, le même air qu'ici j'ai reſpiré,
Pénétrera dans ſon ſein épuré !
L'arbre odorant que j'ai planté pour elle,
Sera touché par la main la plus belle !
Elle va donc, ſur ce riant ſéjour,
Lever ſes yeux, pour me faire un beau jour !
Plaiſir ſacré que le Ciel nous diſpenſe,

O sentiment, charme de l'existence,
Toi, par qui seul je goûte le bonheur,
Et ne crains plus de rentrer dans mon cœur;
Toi, dont l'heureuse & touchante magie
Change en instans le siecle de la vie,
O tact brûlant, dans l'ame renfermé;
Toujours actif & jamais consumé,
Qui doubles tout, nous fait chérir nos chaînes,
Et nous appris la volupté des peines,
Combien, hélas! me semble infortuné,
Et qui t'ignore & qui t'a profané! ...

Qu'AI-JE entendu? c'est Zelmis! ... Oui; c'est elle..
Elle paroît, & tout se renouvelle.
Roses & Lys, prêts à s'épanouir,
Tout dans ces lieux l'attendoit pour fleurir.
Ses longs cheveux flottent à l'aventure :
Elle est parée & n'a point de parure.
Sa robe vole en replis ondoyans :
Son sein se cache à l'ombre des rubans :
Elle intéresse, elle amuse, elle enchante :
Toujours folâtre, elle est toujours décente ;
Elle connoît ce rire précieux,
Qui part du cœur, quand le cœur est heureux.

PHÉBUS, déjà, du plus haut de son trône,
Lance les feux qui forment sa Couronne.
On se rassemble ; on s'est déjà placé
Près de l'Autel que Comus a dressé.
Elle s'assied : un pavillon de roses,
Jeunes comme elle, avec l'Aurore écloses,
Parfume l'air & tient lieu de lambris :
L'Amour y plane ; il sourit à Zelmis ;
Et sur son front balance un Diademe,
De myrthes frais qu'il a cueillis lui-même.
Des instrumens les accords les plus doux,

Par intervalle arrivent jufqu'à nous.
L'œil de Zelmis & s'anime & s'enflâme :
Tout fon efprit eft puifé dans fon ame.
Sa belle main verfe, dans les criftaux,
Ce jus ambré, mûri fur les côteaux.
De fa vapeur, l'éclair de la faillie
Naît fans effort, brille & fe multiplie :
Chaque Convive en ces momens heureux,
Boit le plaifir dans la coupe des Dieux.

L'AIR eft plus frais : le folâtre Zéphire,
Sous la verdure exerçant fon empire,
Difperfe au loin les plus douces odeurs,
Qu'il vient d'extraire, en careffant les fleurs.
Zelmis s'échappe, & court à la voliere,
Que fon préfent doit lui rendre plus chere.
Elle y revoit fes jeunes Tourtereaux,
Bien moins heureux, mais toujours auffi beaux.
A peine ils ont apperçu leur maîtreffe ;
Dieux ! qui peindroit leurs tranfports, leur ivreffe !
En cris de joie ils changent leurs foupirs ;
Ils quittent tout, leurs nids & leurs plaifirs.
Il faut les voir lui porter leur hommage,
Paffer leurs becs à travers le treillage,
Battre de l'aîle, & tous deux s'élancer
Vers cette main qui vient les careffer.
Ingrats humains, fuivez de tels modeles
Toujours heureux, & jamais infideles,
Ils font bien plus ; on ne les voit jamais,
Ainfi que vous, oubliant les bienfaits.
A ces Amans un Fils venoit d'éclore,
Gage chéri qui les unit encore :
Vers fon berceau rappellés par fes cris,
Ils femblent fiers de l'offrir à Zelmis.
Veillez fur eux ; gardez bien, me dit-elle,
Un fi beau couple, un couple fi fidelle.

Pendant ce temps , tous les autres Oiseaux ,
Par mille jeux font plier les rameaux.
Tout s'attendrit , tout brûle en ces asyles :
On n'y voit point de cœurs froids & tranquiles :
La jouissance est un nouvel attrait ;
L'Amour renaît de l'Amour satisfait.
L'affreux dégoût , enfant de la foiblesse ,
N'y corrompt point cette immortelle ivresse.
Ce ne sont point de passagers desirs :
C'est le bonheur fixé par les plaisirs.
Que de soupirs ! que d'ardens sacrifices !
Que de baisers , de feux & de délices !
Chaque panier , dans ce séjour charmant ,
Renferme un Pere ou renferme un Amant.

TRISTES Mortels , cœurs glacés & paisibles ,
Ah ! malheureux , qui n'êtes point sensibles ;
Vous , Sages vains , qui raisonnant toujours ,
Effarouchez l'enfance des Amours ;
Et vous , sur-tout , innombrables Coquettes ,
Qui de nos feux égayez vos toilettes ,
Dont le sourire annonce nos tourmens ,
Qui par orgueil commandez à vos sens ,
Accourez tous autour de ma voliere :
Que ce tableau vous frappe & vous éclaire.
Venez y voir l'image du bonheur ,
L'Amour sans voile & sans masque trompeur ;
Les desirs vrais & la volupté pure
Qu'à chaque instant reproduit la Nature ;
D'un peuple aîlé ce délire éternel ;
Ces œufs cachés sous le sein maternel ;
Les doux refus de l'Amante embellie ,
L'art innocent de la coquetterie :
Venez apprendre avec mes Tourtereaux
Tout ce qui seul pourroit charmer vos maux ;
Apprenez d'eux le prix de la constance ,

Et des baifers la profonde fcience ;
Tous les fecrets des tranfports amoureux ,
L'art de jouir & celui d'être heureux.

Sur ces objets renouvellés fans ceffe,
L'œil de Zelmis fe fixe avec tendreffe.
Son front fe voile ; une douce langueur
Vient s'y répandre & parler à mon cœur.
Sa main fur moi tombe avec négligence :
Zelmis fe tait : voluptueux filence !
Bien plus ému, fon fein dans ce moment,
Reffemble au Lys, agité par le vent.
Près de ces lieux, par l'inftinct enchaînée,
De fon défordre elle femble étonnée,
Pour le cacher accroît fon embarras,
Veut fuir, revient, & tombe entre mes bras . . . ,
Pardonne, Amour ; Amour, quelle étoit belle !
Tu m'enivrois ; j'étois feul avec elle.
Son voile errant avoit quitté fon fein ;
Son cœur battoit fous ma tremblante main.
J'ofai, grands Dieux ! pouvois-je m'en défendre ?
J'ofai cueillir le baifer le plus tendre :
Oui, fur fa bouche, où refpirent les fleurs,
J'ofai cueillir les premieres faveurs :
Premier baifer, que vous avez de charmes !
Mais quelquefois vous coûtez bien des larmes :
Vous arracher ; c'eft vouloir vous ternir ;
Pour vous goûter, il faut vous obtenir.
Qu'ai-je entendu ? Précurfeur de l'orage,
Un vent affreux fait gémir le feuillage.
L'Aftre des nuits, dans fon cours emporté,
Ne verfe plus qu'une pâle clarté.
La foudre gronde, & déchirant la nue,
Me laiffe voir une Sphere inconnue ;
Et dans les cieux ouverts & refermés,
L'air échappe en fillons enflâmés.

Dieux !

Dieux ! voulez-vous dans cette nuit obſcure ,
Pour un baiſer , conſterner la Nature ?

ZELMIS s'enfuit , peut-être ſans retour :
J'ai troublé ſeul le ſoir d'un ſi beau jour.
Le vent redouble , & pour dernier ravage ,
De la voliere il briſe le treillage.
Un Epervier , ô déſaſtre ! ô douleur !
D'un vol bruiant y tombe avec fureur.
Figurez-vous l'allarme univerſelle :
J'entends gémir ſous la ſerre cruelle ,
Ce peuple doux , paiſible & déſarmé ,
Fait pour aimer , & fait pour être aimé.
Le raviſſeur enſanglante l'aſyle
De l'innocence & du ſommeil tranquille ,
De toutes parts les nids ſont renverſés :
Les tendres œufs , amour , ſont fracaſſés.
Blandule , hélas ! mere trop malheureuſe ,
Couvroit ſon fils de ſon aîle amoureuſe ;
Et , réſolue à lui ſervir d'appui ,
En s'oubliant , ne trembloit que pour lui.
Le monſtre approche , à ſes yeux le dévore :
Teint de ſon ſang il la pourſuit encore.
Nitor en vain déploie en ſon courroux ,
L'ame d'un pere & le cœur d'un époux :
Nitor bleſſé ne ſauroit la défendre.
On la ravit à l'époux le plus tendre :
Et l'Epervier , s'élevant dans les airs ,
Porte ſa proie au fond de ſes déſerts.

MALHEUR affreux ! ô nuit épouvantable !
Oui ; telle fut cette nuit lamentable
Qui précéda les horribles deſtins ,
Et le trépas du plus grand des Romains.

*Partie II.*　　　　　　　　B

## CHANT TROISIEME.

SUR les rameaux, abbatus par l'orage,
Au frais matin l'oiseau vint rendre hommage.
Déjà l'aurore, au front pur & riant,
De son écharpe embrasse l'Orient ;
De son éclat déjà le Ciel se dore ;
Et par degrés l'Univers se colore :
Elle s'étonne & cherche envain des fleurs,
Pour y verser le trésor de ses pleurs.
Roses & Lys, sont tombés de leur trône ;
Flore gémit de se voir sans couronne :
Vertumne, en vain rappellant les zéphirs,
N'étale plus sa robe de saphirs ;
Et le soleil, perçant la nue obscure,
Pourra lui seul réchauffer la nature.

PLEIN de Zelmis, occupé de mes feux,
Je savourois mes ennuis amoureux ;
Et ce baiser, qui l'avoit offensée,
Venoit toujours s'offrir à ma pensée ;
Douces langueurs, aimable souvenir,
Où se confond la peine & le plaisir !
Je quitte enfin la retraite obscurcie,
Où l'homme meurt, la moitié de sa vie ;
Asyle sombre, & qui sert, tour-à-tour,
D'antre aux soucis, & de dais à l'amour.

SOUS ces berceaux quelle horreur répandue !
Dieux ! quels objets présentés à ma vue !
Que je te plains, époux abandonné,
Des Tourtereaux le plus infortuné !

De ses ennuis rien ne peut le distraire :
Rien n'interrompt sa douleur solitaire :
Il redemande aux échos attendris
Sa jeune Amante , & son unique fils.
Tel autrefois le Chantre de la Thrace
Aux antres sourds apprenoit sa disgrace ;
La redisoit de réduit en réduit ,
A la nuit sombre , à l'astre qui la suit ;
Du Ciel barbare accusoit l'injustice ,
& répétoit le beau nom d'Euridice.
Amour , amour , si mon cœur t'est soumis ,
Rends-moi l'oiseau que m'a donné Zelmis.
Tu sais, Amour , combien Zelmis est belle :
Tu la formas; tu dois agir pour elle.

L'AMOUR alors arrêté dans Paris ,
Cachoit les pleurs sous le voile des ris ;
De nos Laïs dirigeoit les caprices ,
Formoit leur cœur , fertile en artifices ;
Sur leurs habits & sur leurs chars brillans
Répandoit l'or de nos sots opulens ;
De cent Milords réglant les destinées ,
Dans nos boudoirs il semoit leurs guinées ,
D'un sein fané relevoit les débris ,
Récrépissoit de vieux attraits flétris ,
Et triomphoit , de voir l'adroite Hortense
Plaire , à trente ans , par un air d'innocence.
Enfin ce Dieu , de ruses excédé ,
L'aîle traînante & le carquois vuidé ,
Las & content , s'en alloit à Cythere ,
Se reposer sur le sein de sa mere.
Sous mes tilleuls il s'arrête , un moment ;
Sous ces tilleuls , où Nitor gémissant
Faisoit entendre une voix si touchante ,
Et rappelloit sa malheureuse Amante.
L'amour , avant de retourner aux Cieux ,

B 2

Veut s'égaier par quelques nouveaux jeux.
Toujours léger, dangereux & frivole,
Il est cruel, même alors qu'il s'envole
Et, lorsqu'à nuire il vient de s'occuper,
Le Dieu malin se délasse à tromper.

POINT de repos; signalons ma puissance,
Et de Nitor éprouvons la constance,
Dit-il, voyons s'il mérite le prix
Que je lui garde, & les soins de Zelmis.
Lorsque tout vole à des ardeurs nouvelles,
Les Tourtereaux sont-ils les seuls fidelles?
Puis-je le croire? il dit; & de sa main,
Dans la voliere il introduit soudain
Un autre Oiseau, l'image de Blandule;
C'est elle-même, ou du moins son émule.
A cet aspect Nitor est enchanté:
Déjà près d'elle il s'est précipité:
Ivre de joie, heureux par l'imposture,
L'amant charmé ne sent plus sa blessure;
Mais, s'élançant vers l'ombre du bonheur,
il est bientôt averti par son cœur.
Tous les oiseaux autour d'elle s'empressent:
Leurs becs unis à l'envi la caressent;
C'est leur Blandule échappée au trépas.
Tous sont trompés; Nitor seul ne l'est pas.
Le même instant voit éteindre sa flâme;
L'erreur des yeux ne va point jusqu'à l'ame.
Il est, il est d'invisibles attraits,
Dont le cœur seul a connu les secrets.
Tendre Blandule, oui, c'est ta ressemblance,
C'est ta beauté, mais non ton innocence.

SOUS ces bosquets où la belle Cypris
Sourit aux jeux de ses oiseaux chéris,
Son fils lui-même éleva cette Héléne,

Au milieu d'eux prenant des airs de Reine,
Elle attiroit cent jeunes Tourtereaux ,
Et leur donnoit cent Pigeons pour rivaux.
Combien hélas ! furent quittés par elle !
Toujours charmante , & toujours infidelle ,
Elle amufoit les loifirs de l'amour ,
Qui la forma pour briller à fa cour.
Comme fon Maître , elle eft légere & vive ,
Toujours enchaîne & n'eft jamais captive.
Ce Dieu fouvent la pofoit fur fon fein ,
Lui fourioit , careffoit de la main
Les lys mouvans de fon aîle badine ,
Mouilloit fon bec fur fa levre enfantine ,
Et lui fouffloit les folâtres defirs ,
Et l'inconftance & le goût des plaifirs.

TON ennemie eft déjà fous les armes :
Nitor , Nitor , vaincras-tu tant de charmes ?
Lorfqu'à fes yeux le plaifir a brillé ,
L'Amour féduit eft bientôt confolé.
Près de Nitor , déjà l'Enchantereffe ,
Pour mieux lui plaire imite fa trifteffe.
Il faut la voir avec empreffement
Suivre les pas de fon nouvel Amant ,
Le prévenir par mille foins perfides ,
Rifquer fouvent des careffes timides ,
Ne point quitter le rameau qu'il choifit ,
Renouveller le duvet de fon lit ,
Et fous les foins de l'amante inquiette ,
Cacher la fraude & l'art de la coquette
Nitor réfifte : on s'arme de courroux ;
On veut le vaincre en le rendant jaloux.
A cent oifeaux elle affecte de plaire ;
Corrompt , hélas ! les mœurs de la voliere ;
Aux Tourtereaux fi conftans , fi vantés
Elle apprend l'art des infidélités :

B 3

L'art de trahir ! elle entraîne, elle amuse :
Des cœurs gâtés le plaisir est l'excuse.
A peine éclos, l'œuf périt sans chaleur :
L'épouse en vain fait parler sa douleur :
L'épouse ennuie, & n'est point écoutée ;
La courtisane est seule respectée,
Divise tout, brise les plus saints nœuds ;
Et s'embellit, en faisant des heureux,
Telle autrefois on vit la jeune Armide,
Cachant ses vœux sous un maintien perfide,
De notre foi séduire les soutiens,
Et diviser tout le camp des Chrétiens.

PARMI ces feux, ce trouble, cette ivresse,
Nitor commence à craindre sa foiblesse :
Il interrompt ses lugubres accens ;
Et le desir vient effleurer ses sens.
Plus sage alors, l'adroite Tourterelle,
Prend un maintien, & lui paroît plus belle,
Vole avec lui de rameaux en rameaux,
Avec dédain éconduit ses rivaux,
Et, sous l'abri d'un tranquille feuillage,
Va pour lui seul déploier son plumage.
La voyez-vous suivre le beau Nitor,
Le béqueter, le béqueter encor,
Développer mille graces nouvelles,
Eparpiller l'albâtre de ses aîles,
Et s'agiter & peindre le desir,
Et roucouler le signal du plaisir ?
Nitor soupire ; il combat, il balance :
Quel doux chemin nous mene à l'inconstance !
Déjà leurs becs viennent se caresser :
Leurs cols déjà sont prêts à s'enlacer ;
Voici l'instant … ô courage ! ô prodige !
Nitor soudain reconnoît le prestige :
Nitor s'envole ; il fuit ; il est vainqueur :

Blandule encor va regner fur fon cœur.
Triomphe, enfin : ta Blandule eft fauvée.
Zelmis l'aimoit ; l'amour l'a confervée.

DANS ces momens, fur un rameau voifin,
Elle attendoit quel feroit fon deftin.
Son cœur flottant, lorfque Nitor balance,
S'ouvre à la crainte & s'ouvre à l'efpérance :
Elle retient fes tendres mouvemens,
Et fes foupirs & fes roucoulemens :
Voyant, hélas ! fa rivale fi belle,
Elle a tremblé d'aimer un infidele.

MAIS fure enfin des feux de fon époux,
Elle fe livre aux tranfports les plus doux,
Se précipite, & d'une aîle légere,
Paffe, repaffe autour de la voliere :
Nitor la voit ; ce n'eft plus une erreur :
Il croit fes yeux ; il en croit plus fon cœur :
Dans fes regards que d'amour fe déploie !
Il meurt, renaît & fe pâme de joie,
Que de baifers, par ces tendres oifeaux,
Donnés, réçus, en dépit des barreaux !

ZELMIS accourt, par moi-même conduite.
Dieux ! quel tableau ! comme fon cœur palpite !
Déjà Blandule a volé fur nos pas,
Nous reconnoît, & tombe entre nos bras.
Combien Zelmis la flatte & la careffe !
Combien Nitor lui prouve fa tendreffe !
Tous deux enfin par l'amour réunis,
Vont être heureux fur le fein de Zelmis.
Dans leur réduit la paix eft revenue :
La corruptrice eft déjà difparue ;
Et, dans ce jour, à jamais fortuné,
Jufqu'au baifer tout me fut pardonné.

B 4

# EPITRE

## A CATHERINE SECONDE,

### IMPERATRICE

### DE TOUTES LES RUSSIES.

RÉFLEXIONS PRÉLIMINAIRES.

DE tous les objets qui nous environ-
nent, & de tous ceux que peut créer l'i-
magination, rien n'est étranger à la Poésie.
Aussi variée que la Nature, elle lui rend en
fictions, tout ce qu'elle en reçoit en réalité.
Elles se prêtent des secours mutuels, & les
ornemens de l'une composent toujours la
parure de l'autre.

TELLE est l'idée que je me suis faite de
l'art des Miltons & des Voltaires ; des esprits froids voudroient en vain lui donner
pour limites, les limites mêmes de leur
génie. La Poésie étend ses aîles, & plane
au-dessus d'eux. Elle descend quelquefois de
cette sphere brillante, & se montre sous
des traits moins fiers ; la flamme qui brû-
loit sur son front fait place à des rayons
plus doux. La Déesse imposante devient une

B 6

Mortelle aimable qui retrouve en féduction
ce qu'elle vient de perdre en majefté. Le
monde phyfique, le monde moral, les plis
les plus fecrets du cœur humain, l'éclair de
la penfée, tout lui eft affujetti, tout s'a-
nime & fe reproduit en lui.

MAIS, parmi les Sujets innombrables
qu'elle embellit de fes couleurs, elle doit
préférer fans doute ceux qui la ramenent
à la nobleffe de fon origine. Le berceau
de la Poéfie étoit entouré de vertus. Les
premiers Poëtes furent les premiers Légiflateurs, les premiers Pontifes; ils ne célé-
broient que la divinité, & les belles actions des hommes qui lui reffemblent. Ils
éternifoient la gloire des Bienfaîteurs du
Monde & l'opprobre de fes tyrans. Quel art
fublime ! & combien font coupables ceux
qui l'ont dégradé !

Qu'ON ne dife point que fon appauvrif-
fement vient de la difette des modeles. Le
bien & le mal font repartis fur chaque Siecle
dans une égale mefure. Il n'y a de différence
que dans la forme. La même alternative de
vices & de vertus ramene naturellement les
mêmes fatyres & les mêmes éloges. Depuis
que ce globe exifte, tous les peuples unis
en corps de nation, fe font reffemblés, fi
l'on en excepte les habits, le langage, &

quelques ufages ridicules que l'on confond trop fouvent avec les mœurs générales.

CES fous mélancoliques, qu'on appelle Moraliftes, & qui perdent la Morale, ont prononcé que ce Siecle-ci eft plus corrompu qu'un autre ; je ne crois ni à leur délire, ni à leur décifion. Chaque jour fournit de grands exemples & des actes de bienfaifance, dignes des âges les plus épurés, & qui n'attendent que des panégyriftes.

PARMI ces actions, qui méritent une place dans les faftes de l'humanité, on ne doit point oublier ce que vient de faire l'Impératrice de Ruffie pour un homme de Lettres célebre, mais qu'une confidération infructueufe ne mettoit point à l'abri de l'infortune. M. Diderot, par une de ces circonftances, que le génie dédaigne de prévoir, fe trouvoit réduit à fe défaire de fa Bibliotheque. Il avoit communiqué fon deffein à quelques amis, qui bientôt le rendirent public. Le bruit en parvint jufqu'au Trône d'une Souveraine qui protege à 500 lieues de nous les Arts & la Philofophie.

VOICI la Lettre qu'elle a fait écrire à ce fujet à un de fes Correfpondans, Homme de Lettres lui-même, & ami de M. Diderot.

*A Pétersbourg, ce 5-16 Mars 1765.*

LA protection généreufe, Monfieur, que notre augufte Souveraine ne ceffe d'accorder à tout ce qui a rapport aux Sciences, & fon eftime paticuliere pour les Sçavans, m'ont déterminé à lui faire un fidele rapport des motifs qui, fuivant votre Lettre du 10 Février dernier, engagent M. Diderot à se défaire de fa Bibliotheque : fon cœur compatiffant n'a pu voir fans émotion que ce Philofophe fi célebre dans la République des Lettres, fe trouve dans le cas de facrifier à la tendreffe paternelle l'objet de fes délices, la fource de fes travaux & les compagnons de fes loifirs. Auffi Sa Majefté Impériale, pour lui donner quelques marques de fa bienveillance, & l'encourager à fuivre fe carriere, m'a chargé de ne faire pour elle l'acquifition de cette Bibliotheque au prix de quinze mille livres que vous propofez, qu'à cette feule condition, que M. Diderot, pour fon ufage, en fera le dépofitaire jufqu'à ce qu'il plaife à Sa Majefté de la faire demander. Les ordres pour le payement de feize mille livres font déjà expédiés au Prince Galitzin, fon Miniftre à Paris. L'excédent du prix, & toutes les années autant, eft encore une nouvelle preuve des bontés de

ma Souveraine pour les foins & peines qu'il
fe donnera à former certe Bibliotheque ;
ainfi c'eft une affaire terminée.

TÉMOIGNEZ, je vous prie, à M. Diderot
combien je fuis flatté de l'occafion d'avoir
pu lui être bon à quelque chofe. J'ai l'honneur d'être, Monfieur, &c.

. *Signé* J. BETZKY.

PEUT-ON fe défendre, en lifant cette
Lettre, de cette émotion délicieufe, de cet
épanouiffement de l'ame, que produit toujours le fpectacle ou le recit d'une belle
action ! que de ménagemens & de délica-
teffe ! combien la reconnoiffance eft douce,
quand la main du bienfaîteur fe cache, &
ne laiffe voir que le bienfait ! l'art d'obli-
ger ainfi, eft un art vraiment digne du
Trône. Il femble au vulgaire que les Souverains, ces êtres privilégiés, fi peu faits à
fe croire nos égaux, pourroient fe difpenfer, lorfqu'ils répandent leur grace, de ces
égards ingénieux qui font des devoirs pour
les particuliers.

MAIS les grandes ames dépouillent tous
ces préjugés brillans, cette féerie des rangs
& des honneurs, ce trifte fentiment de fu-
périorité qui brife tous les liens, détruit
tous les rapports, & corrompt la fource

même de la bienfaifance. Elles réduifent
le Monarque au titre primitif, au titre facré d'homme, obligé de fecourir fon fem-
blable.

Tels ont été fans doute les motifs fu-
blimes qui ont conduit l'Impératrice dans
le bel exemple qu'elle vient de donner aux
Souverains. Quelle leçon fur tout pour ces
protecteurs fubalternes, qui ne font que
vains, & fe vantent d'être fenfibles, qui
rendent vil le malheureux qu'ils obligent,
lui font boire la lie du bienfait, payent des
flatteurs, penfionnent des efclaves, ache-
tent des victimes, & juftifieroient prefque
les ingrats qu'ils font, fi le plus bas des
vices pouvoit trouver une excufe. Entre la
plus affreufe indigence & la protection d'un
Sot, il ne faut pas balancer un moment.
Le Malheur n'eft rien auprès de l'humilia-
tion. L'aviliffement eft une mort lente qui
ne laiffe pas même à l'ame le droit confo-
lant de fe croire immortel, & l'orgueil, ce
vice de la profpérité, eft ou doit être la
vertu de l'infortune.

Mais n'altérons point par ces triftes réflexions le plaifir pur que doit laiffer dans
tous les cœurs fenfibles, le trait que j'ai ofé
célébrer pour l'honneur du trône, l'émula-
tion des Rois, & le bien de l'humanité.

# ÉPITRE

## *A CATHERINE II,*

## IMPERATRICE DE RUSSIE.

BRILLANTE encor des fleurs de l'âge,
Tu ceignis le bandeau des Rois :
Le Soli-ᴋan te rend hommage :
La Næva, fiere de ses droits,
Aime à réfléchir ton image ;
Et, sans envier l'or du Tage,
Roule ses glaçons sous tes loix.
Tu régis cet Empire immense
Dont la nuit couvre l'Orient,
A l'instant que des feux qu'il lance
Le jour embrase l'Occident.
Un vaste & merveilleux ouvrage, *
Ce lien de deux grands Etats,
Te fait toucher à ces climats,
Où, respectable sans combats,
On est soumis sans esclavage ;

* *La grande Muraille.*

A ces rivages floriſſans ,
Habités par ce Peuple antique ,
Qui depuis près de cinq mille ans ,
Dans un calme philoſophique ,
Echappe au ravage des temps :
Sous le voile de ſes Pagodes
Adore un Etre protecteur ,
Trafique avec nous de ſes modes ,
Et garde pour lui ſon bonheur.

MAIS, tout ce brillant appanage ,
Ces titres ſuperbes & vains ,
Et ce dangereux avantage
De gouverner quelques humains ,
Ne ſont rien aux regards du Sage.
Il vient, la balance à la main
S'aſſeoir ſur les marches du Trône :
Ses yeux , fermés ſur la Couronne ,
Ne fixent que le Souverain.

LE cri d'une injuſte victoire
Qui ſe mêle au cri des mourans ,
Egorgés des mains de la gloire ,
Pour l'affreux plaiſir des Tyrans ;
Tout pouvoir qui nuit & qui bleſſe ;
Tout Sceptre lâchement porté ,
Et tout laurier enſanglanté ,
Sont vils aux yeux de la Sageſſe.
Quand elle oſe élever ſa voix ,
C'eſt pour ceux que le Ciel fit naître
Puiſſans & juſtes à la fois.
A qui l'on permet d'être Rois ,
Parce qu'ils ſont dignes de l'être :
Pour qui l'auguſte vérité
N'a point encor perdu ſes charmes ,
Qui , comme toi , ſéchent les larmes

De la plaintive humanité ;
Dont l'inquiete bienfaifance
Adoucit les fecrets tourmens
De la orageufe indigence ;
Des Mufes ranime les chants,
Et va répandre l'abondance
Dans l'afyle obfcur des talens.

COMBIEN il faut que l'on t'admire ;
Et qu'on répéte à l'Univers,
Qu'une Souveraine refpire,
Dont les yeux font toujours ouverts
Sur l'infortuné qui foupire ;
Qui prévient fes timides vœux,
Du bienfait tremble de l'inftruire,
Et, dans un tranfport généreux,
Loin des bornes de fon Empire
Cherche à faire encor des heureux.
Ainfi ce globe de lumiere,
Qui, fous un ciel brillant & pur,
Pourfuivant fa vafte carriere,
Roule des flots d'or & d'azur ;
D'un feul point luit fur tous les Mondes ;
Eclaire le noir Africain,
Blanchit la perle au fein des Ondes,
Et dans fes cavernes profondes,
Va mûrir l'or du Méxicain.

PAR tes foins il va donc renaître
Ce Philofophe refpecté,
Et qui fut malheureux, peut-être
Pour trop aimer la vérité.
Déformais, vainqueur de l'envie,
Dans fon heureufe obfcurité,
Il peut, fans redouter la vie,
Aller à l'immortalité.

Homere , Virgile , Pindare ,
Vous ne lui ferez point ravis :
Une faveur fublime & rare
Lui rend fes Dieux & fes amis ;
Ses vrais amis , les feuls fideles ,
Les feuls que l'on retrouve , hélas !
Au fein des difgraces cruelles :
Les feuls qui ne foient point ingrats.
Dans le cours de ces doftes veilles ,
De ces laborieufes nuits ,
Qui font éclorre les merveilles
Dont nous allons être enrichis ;
D'un efprit aftif & paifible
Il pourfuivra fes longs travaux ,
Sans craindre le retour horrible
Des foucis pires que les maux.
Il aura du plaifir encore
A voir , dans fon humble féjour ,
Poindre la clarté de l'Aurore
Et les premiers feux d'un beau jour.

ALORS fi tu viens à paroître ,
Toi , fa fille , objet de fes vœux ,
Des pleurs couleront de fes yeux ,
Orgueilleux de t'avoir fait naitre ,
Il ofera fe croire heureux ,
Dans l'efpoir que tu pourras l'être ;
Et , te foulevant dans fes bras ,
Bénira la main tutélaire ,
Qui , par des fecours délicats ,
Tranquilife le cœur d'un pere.

QUEL grand exemple pour les Rois !
Leur fuprême magnificence
Brille moins dans la récompenfe ,
Que dans l'équité de leur choix.

POURSUIS , illuſtre CATHERINE ;
Tu ſens ces grandes vérités ,
Par qui ſont toujours cimentés
Les Trônes que le Ciel deſtine
A de hautes proſpérités.
PIERRE s'éleve : la Ruſſie ,
Pour naître , attendoit ce héros.
Sous les aîles de ſon génie
Il va féconder ce cahos ;
En vain ſon ſang brûle & bouillonne ,
Il eſt toujours maître de ſoi ;
Il ſçait deſcendre de ſon Trône ,
Pour y remonter en grand Roi.
Il foule aux pieds ces vains phantômes ,
Qui pouvoient retarder ſes vœux.
PIERRE a ſçu te créer des hommes ,
Et tu ſçauras les rendre heureux.

BORNÉ par toi dans ſa puiſſance ,
Par toi reſſerré dans ſes biens ,
L'oiſif Clergé que tu retiens
Dans une paiſible indolence ;
Ne dévore plus la ſubſtance
Des plus utiles Citoyens.
Déjà dans une Cour polie
Tout ſert & prévient tes deſirs ;
Ta voix excite l'induſtrie ,
Le goût ennoblit tes plaiſirs.
L'eſſain des amours t'environne ;
Je les vois jouant près du Trône ,
A la palme auguſte des Arts
Enlacer les fleurs les plus vives ,
Et, rechauffés par tes regards ,
Ne point envier d'autres rives.
Tu ne dois point le dédaigner
Ce culte flatteur & ſincere ;

Plus d'une femme a fçu régner ;
Bien peu de Reines ont fçu plaire.

Jouis de ces faveurs des Cieux :
Pour moi , caché fous un nuage ,
Permets que j'échappe à tes yeux.
Content , à l'abri de l'orage ;
Je ne demande rien aux Dieux.
Si j'avois été malheureux ,
Tu n'aurois point eu mon hommage.

# LE
# POT-POURRI,
## *EPITRE*
## A QUI ON VOUDRA.

Ainsi donc, changeant de pinceau,
Ma Muſe docile & volage
Va, pour toi, de notre voyage
Crayonner le léger tableau.
Mais, laiſſe-moi, Belle ÉMILIE,
L'heureuſe & douce liberté
De me livrer à ma folie.
La nature toujours varie ;
D'objets en objets emporté,
Je veux imiter ſa magie
Qui naît de la diverſite.
Loin de moi le ſtyle apprêté,
Et la froide monotonie.
Tantôt Diſciple d'Hamilton,
Qu'à tous nos Sages je préfére,

Je m'efforcerai, pour te plaire,
D'imiter son aimable ton ;
Tantôt, sérieux par prodige,
Et raisonnable par accès,
Je sortirai de mon vertige,
Je rembrunirai tous mes traits.
Sombre comme un Docteur de Londre,
Je me guinderai vers les Cieux,
Et je t'ennuirai de mon mieux :
C'est de quoi j'ose te répondre.
Quelquefois même plus heureux
Je t'arracherai quelques larmes :
Le sentiment si plein de charmes,
Viendra se mêler à mes jeux.
Philosophe dans mon délire,
Je m'applaudis de soupirer :
Celui qui ne sçait pas pleurer
N'a pas acquis le droit de rire.
Me voilà prêt, allons, suis-moi,
Tu crains la longueur de la route ?
Mille fleurs y naîtroient sans doute,
Si je la faisois avec toi.

Nos chevaux, pleins d'honneur & d'ame,
Nous traînent en grand appareil,
Et déjà respirent la flâme,
Comme les coursiers du Soleil :
Déjà dans notre course agile,
Nous voyons fuir ces beaux remparts,
Où s'endort un peuple futile
Au sein des Plaisirs & des Arts :
Déjà sur un côteau fertile
Nous laissons errer nos regards,
Lassés du faste de la Ville,
Où l'ennui roule dans des chars.
Du Zéphir l'haleine est plus pure ;

D'un lieu triſtement fortuné ,
Nous quittons l'air empoiſonné
Pour les Parfums de la Nature.
Et le plaiſir , & le chagrin ,
Tout eſt compenſé dans le monde ;
Oui , dans cet immenſe Jardin
La roſe avec l'épine abonde.
Dieu fit , je le crois volontiers ,
Pour l'agrément de nos voyages ,
Ces beaux vallons , ces payſages :
Mais , pour le ſupplice des Sages ,
Le Diable a créé les rouliers.
Que peut une frêle voiture
Contre ces gros mondes roulans ,
Traînés par ſix monſtres peſans ,
Auſſi mal appris , je te jure ,
Que leurs guides impertinens ,
Toujours ivres , toujours jurans ,
Aveugles , ſourds impitoyables ,
Qu'il faut tuer de temps en temps ,
Pour les rendre un peu plus traitables.
Grace aux chocs devenus fréquens ,
Cent fois notre conque légere
Penſa ſe briſer comme un verre ,
Et nous laiſſer , le long des champs ,
Philoſopher ſur la pouſſiere.
A la fin un peu mécontens ,
Appellant l'adreſſe à notre aide :
A ces petits déſagrémens ,
Nous fumes chercher le remede ,
Chez un Armurier d'Orléans.

Nous prîmes chacun , ſans mot dire ,
Un de ces tubes menaçans ,
Qui , lorſqu'on les préſente aux gens ,
Font que ſoudain on ſe retire :

Comme la frayeur rend polis !
Il falloit voir, humbles, foumis,
Tous nos animaux de la veille,
D'un certain éclat éblouis,
Se détourner, baiffer l'oreille,
Et faluer nos deux fufils.

SANS embarras & fans contrainte,
En vainqueurs nous marchons enfin ;
Et le fpectacle de leur crainte
Charme les ennuis du chemin.
Que dis-je ! l'ennui, je t'affure,
Sous un Ciel toujours varié,
Loin du bruit & de l'impofture,
N'approche point de l'amitié
Qui voit fourire la Nature.
O lieux ! ô rivages chéris !
Fleuve fécond, fuperbe Loire,
Jamais, jamais tes bords fleuris,
Où Cérès, le front ceint d'épics,
Étale fa pompe & fa gloire,
Le cours paifible de tes eaux,
Ces prés, ces bois & ces côteaux
Ne fortiront de ma mémoire . . . .

QUELS feux colorent l'horifon !
O Dieux ! quelle belle foirée !
Du Soleil le dernier rayon,
Jouant fur la voûte azurée,
Ne peut quitter cette contrée,
Malgré l'ordre de la faifon.
Son or & fa pourpre mobiles
Au fond des flots font réfléchis :
La préfence de deux Amis
L'a fufpendu fur ces afyles.
Il voit en fon immenfe cours

Cent

Cent mille Amans & leurs Maîtreſſes,
Se jurant de fauſſes tendreſſes,
Gémir dans le ſein dès Amours.
Il voit des ames orgueilleuſes
Qui n'ont que leurs deſirs pour loix :
Il voit des vertus faſtueuſes,
Des Rois malheureux d'être Rois.
De toutes parts il voit le crime,
Sous cent formes multiplié,
Et preſque jamais l'Amitié
Ne s'offre à ſon regard ſublime.
Cette noble Fille des Cieux,
Toujours plus riante & plus belle,
Quand elle vient frapper ſes yeux,
Vaut bien qu'il s'arrête pour elle.

ENFIN ſon diſque éblouiſſant
Roule ſous un autre hémiſphere ;
Et Phébé vient en rougiſſant
Nous prêter ſa douce lumiere.
Remplis de ces vaſtes objets,
Offerts par des plaines fécondes,
Qu'entourent les plus belles ondes,
Où régne une touchante paix :
Nous nous diſions : que ce rivage
Du Bonheur nous peint bien l'image !
Ici rien n'attriſte les yeux.
O Ciel ! dans un ſi court voyage
Aurions-nous trouvé des heureux ?
Le Payſan laborieux,
Recueillant le fruit de ſon zele,
N'a-t-il à craindre dans ces lieux,
Ni la Taille ni la Gabelle ?
Ce pays, par-tout habité,
Eſt par-tout riant & tranquille :
N'eſt-il point encore infecté

*Partie II.*      C

Par l'avarice de la Ville ?
Infpirés par l'humanité,
Nous chériffons de fi doux fonges :
Au défaut de la vérité,
Il faut embraffer des menfonges.

Du Récit j'obferve les loix ;
Quand on conte, il faut aller vîte.
Je ne t'arrête point au gîte,
Et je touche aux remparts de Blois.

Déja s'éleve dans la nue
Cet Amphithéâtre vanté ;
Qui, par la Loire répété ;
Satisfait doublement la vue.
On découvre fur la hauteur
Ce Palais vafte & magnifique
Qu'habite au fein de la grandeur,
Avec un fafte canonique,
Dans le Coftume Evangelique.
Un des Apôtres du Seigneur.

Tu connois ce Châtel antique
Que fit bâtir François Premier ;
Mazure bifarre & gothique,
Mais qu'il ne faut point oublier.
Sur-tout fon Concierge fidele
Mérite bien d'être cité :
C'eft un Monfieur, tout plein de zele,
Et très-plaifant en vérité.
Malgré la pefanteur de l'âge,
Et fes deux aulnes de vifage,
Il va grimpant, trottant, foufflant ;
Vous indique chaque paffage,
Et s'extafie à tout inftant.

Il voit de la magnificence
Où l'on ne voit que des débris ;
Il n'est point de trou de souris,
Qui ne fasse honneur à la France.
Dans les recoins les plus obscurs
Très-gravement il vous promene ;
Il vous fait admirer les murs.
Comme les murs de porcelaine.
Souvent, pour vous instruire mieux,
Il s'arrête, ferme les yeux,
Met ses deux mains sur sa bedaine,
Et puis, voilà mon gros menteur
Qui, sans oser reprendre haleine,
Vous dit tout son Château par cœur.

PASSONS des discours si sublimes.
Dans ce Château, jadis fameux,
Où, parmi les ris & les jeux,
La haine marquoit ses victimes ;
Séjour brillant & dangereux,
Où logeoient les Rois & les crimes,
Logent aujourd'hui la candeur,
Et la vérité sans nuage,
La vertu sans trop de rigueur,
Et le bon ton sans étalage.
Par fois on y rencontre un Sage,
Jusqu'à plaire osant s'abaisser ;
Un bon humain, très-peu sauvage,
Qui sçait rire & qui sçait penser ;
Savant sans faste & sans rudesse :
Charmant, quoiqu'il dise la Messe,
Un simple, un fortuné mortel,
Qui ne rougit point d'être aimable,
Et sçait quitter le saint Autel,
Pour venir s'amuser à table.
Qu'avec plaisir j'ai contemplé

Ce féjour *, refpecté par l'âge,
Où l'on vit jadis affemblé
Un Vénérable Aréopage !
Dans ce vafte afyle autrefois
L'altiere & puiffante Nobleffe,
Le Clergé, toujours plein d'adreffe,
Et le Peuple, immolé fans ceffe,
Pefoient & défendoient leurs droits.
Aujourd'hui, c'eft dans ce lieu même
Que, le jour penchant vers fa fin
Des Bléfoides le jeune effain
Vient rendre hommage au Dieu fuprême
Qui tient un flambeau dans fa main.
L'obfcurité les favorife
Sous ces lambris majeftueux :
Chaque colonne a fa dévife,
Ses vers & fon chiffre amoureux.
Les meres en font exilées ;
On n'entend que tendres foupirs,
Et ces voix inarticulées,
Organes confus des plaifirs.
L'Amour dans les airs s'y balance,
Applaudit à ces doux ébats,
Et rit de tenir fes Etats,
Où fe tenoient ceux de la France.


DANS ces effets, qui font des jeux,
Je reconnois la main des Dieux.
Tout meurt, fe diffout & s'écoule ;
Tout renaît fous des traits divers :
Le torrent des âges qui roule
Ufe & reproduit l'Univers.
Athenes n'eft plus qu'un village ;
Les arts fleuriffent à Berlin.

* La Salle où fe tenoient autrefois les Etats.

Le François frivole & volage
Peut cesser de l'être demain.
Du Midi le Nord est l'Ecole,
Le Russe est devenu badin;
On dit la Messe au Capitole.
Prêtant le flanc de toutes parts,
Rome en proie aux esprits crédules,
A des croix au lieu d'étendarts;
Et c'est un vieux Pontife en mules
Qui régne où régnoient les Césars.

O Temps! exerce ton ravage,
Et plane sur les élemens.
De ce Monde, où passe le Sage,
Sappe en secret les fondemens.
Que me fait ta faulx vengeresse,
Si je conserve des desirs,
Si l'Ami, que le Ciel me laisse,
Préside à mes heureux loisirs,
Si tu respectes mes plaisirs,
Et les charmes de ma Maîtresse?
Mais de ces différens tableaux,
Qu'a tracés ma Muse légere,
Amante des objets nouveaux,
Venons à ceux que je préfére.

CIEL! quel spectacle attendrissant!
Je vois, dans leur transport sincere,
Une Fille, un Fils, une Mere,
Rire & pleurer en s'embrassant.
Tu partageas bien cette joie,
Toi, le témoin de leur bonheur,
Toi, dont le front serein déploie,
Et la franchise & la candeur:
O toi! Philosophe sensible,
Qui, dans ta retraite paisible,

C 3

Jouis du Ciel & de ton cœur.

RÉJOUIS-TOI, ma tendre Mere,
Toi, la Mere de mon Ami;
Tu n'es point heureufe à demi,
On t'aime autant qu'on te révere.
Renais au fein de tes enfans:
Que leur jeuneffe te couronne,
Et que l'éclat de leur printemps,
Embelliffe encor ton automme!
Ce font deux fleurs, tu le vois bien;
Que fit éclorre la Nature,
Pour fervir enfin de parure
A l'arbre qui fut leur foutien.

NOTRE Compagne de voyages
Eft plus aimable que jamais.
Compte qui voudra fes attraits,
Je n'aime point les longs Ouvrages.
Loin du tourbillon des Amans,
Libre, fatisfaite & tranquille,
Elle moiffonne dans les champs
De nouveaux charmes pour la ville.
Fuyant leurs Dieux & leurs lambris,
C'eft Vénus qui fe fait Bergere:
Malheureufement le pays
Eft très-ftérile en Adonis.
On prétend qu'il n'en fournit guere;
Et Mars qui vaudroit encor mieux,
Mars, à vaincre toujours habile,
De Chambor a quitté l'afyle,
Pour aller habiter les Cieux.

ON ne fçait point feindre au Village.
Une fimple & champêtre Cour
Vient offrir à mon jeune Sage

Des cœurs sans fard , un pur hommage ;
Payés du plus juste retour.
Maître Colas & Maître Pierre ,
Bons Auvergnacs, remplis de sens ,
Très-peu versés dans la Grammaire,
Prononcent leurs lourds complimens ,
Bien incultes., bien éloquens ,
Bien au-dessus du fade encens
De la politesse ordinaire.
Oui , j'aime mieux ces vrais Humains ,
Ne toisant jamais leur langage ,
Que ces discoureurs enfantins ,
Toujours enchaînés par l'usage ,
Qui vont distillant la fadeur ,
Que rien n'attendrit & ne touche ;
Qui vous disent avec la bouche
Ce qu'il faut dire avec son cœur.

Ah ! sans cesse je me rappelle
Ce jour de Fête & de bonheur,
Cette scene pour moi nouvelle ,
Que dédaigneroit la grandeur ,
Toujours froide & toujours cruelle.
Dès le matin , dans le Château
On fit entrer tout le Village.
Téniers , prête-moi ton pinceau ,
Toi , la Fontaine , ton langage ;
J'en ai besoin pour ce tableau.

Deja le flageolet gothique
A donné le signal des jeux ;
Et de l'allégresse rustique
L'éclat brille dans tous les yeux.
On se mêle , on choisit sa place ,
Par instinct on va s'embrasser ;
Déjà chaque main s'entrelace ,

C 4

Et le grand rond va commencer.
De cris joyeux le Ciel résonne,
Colinette, pour refuser,
Ce que pourtant Life abandonne,
Vous attrape un bon gros baifer,
Qu'en riant Mathurin lui donne.
Sans trop fonger aux Spectateurs,
On fait faire un faut à Pérette ;
Zéphir, qui dans les airs la guette,
L'expofe aux regards des railleurs.
Pérette ignore la décence,
Ne fçait point qu'il faut fe fâcher ;
Et croit n'avoir rien à cacher,
Parce qu'elle a fon innocence.
Plus loin des groupes de Buveurs
Trinquent fur une vafte tonne,
Qu'une branche verte couronne ;
Le vin ruiffele fur les fleurs.
Des vieillards affis fous l'ombrage,
Semblent ranimer leur langueur :
Leur front, tout fillonné par l'âge,
Reprend la vie & la couleur.
La joie a paffé dans leur ame,
Ils fe rappellent leur printemps ;
Et leur œil prefqu'éteint s'enflâme
De la gaîté de leurs enfans.
Je vois des Laboureurs naiffans
Courir fans guide & fans lifieres :
Les plus jeunes, plus careffans,
Reviennent auprès de leurs meres,
Jouer avec les cheveux blancs
Et la barbe de leurs grand-peres,
Qui vont bientôt mourir contens.

ÉMILIE, à ce Bal ruftique,
Que je viens d'offrir à tes yeux,
Comparons nos Bals faftueux,

Notre Danse foporifique,
Nos Quadrilles fi langoureux,
Et notre ennui fi magnifique,
Et notre effort pour être heureux.
Pourquoi d'un carton odieux
Changer les traits de l'allégreffe !
Rougiffons-nous de notre ivreffe ?
Le mafque eft-il fait pour les jeux ?
J'aime ces fronts où tout refpire,
Où des cœurs fe peint le délire,
Ces miroirs de la vérité,
Que nulles vapeurs ne terniffent,
Où dans leur jour s'épanouiffent
Tous les rayons de la gaîté.
Par-tout nous portons nos entraves,
De rien nous ne fçavons ufer :
Nous reffemblons à des efclaves,
Que l'on condamne à s'amufer.
Perdu dans la foule bruyante
On fe coudoie, on fe pourfuit,
On bâille, on ment, on fe tourmente,
Chacun ou fe cherche, ou fe fuit.
On voit des Graces douairieres,
Allant, précipitant leurs pas,
Et refferrant leurs vieux appas
Dans des jufte-au-corps de Bergeres ;
Des ours chamarrés de rubans,
Des diables pleins de gentilleffes ;
Et fur-tout des jeunes Sultans,
Qui n'ont pas même une Maîtreffe.
On s'échappe, on déferte enfin :
L'ennui feul veille au fond des ames ;
Et les nerfs de toutes nos femmes
Sont ébranlés le lendemain.

JE l'avoûrai, belle Émilie,

C 5.

Je puife ici des goûts nouveaux ;
J'aime la pente des côteaux ;
D'où l'œil commande à la prairie ,
Où ferpentent mille ruiffeaux.
Soit que l'aftre du jour acheve
Le cours qu'il décrit dans les airs,
Ou foit que l'Aurore fouleve
Le grand rideau de l'Univers ;
Toujours ma rapide penfée
S'élance , & me fait des plaifirs ;
Mon ame fans ceffe exercée ,
Forme fans ceffe des defirs.
Je vois & j'entends la Nature ;
Elle vole avec les Zéphirs :
Dans cette fource elle murmure ,
Et femble , fous cette verdure ,
Laiffer échapper des foupirs.
Son empreinte eft dans ces nuages ,
Dont le voile obfcurcit les cieux :
Elle tonne avec les orages ,
Elle étincele dans les feux.
Par-tout de fa main bienfaifante
Je reconnois les vaftes dons :
Elle parle , fa voix puiffante
Fait rouler le char des faifons ,
Et c'eft aux frimats qu'elle enfante
Qu'on doit l'or flottant des moiffons.
Ici je penfe , je fuis homme.
Philofophes que l'on renomme
Je vous furpaffe en ce moment :
J'en attefte la Raifon même ,
Vous futes fages par fyftême ,
Et je le fuis par fentiment.

EN ces lieux au moins je puis rire
De tes prétendus Beaux-Efprits ,

Fameux dans l'art de la Satyre,
Briguant à grands frais le mépris ;
Sans qu'un pareil choix leur déplaise,
J'y puis être fot à mon aise,
Et me moquer de leurs Ecrits.
Pourvu qu'au foir je me repofe,
Après les plaifirs d'un beau jour,
Et que ma main cueille une rofe
Sur les arbuftes d'alentour ;
Qui peut me nuire ou me diftraire ?
Que me font le vaines rumeurs,
Les Libelles & leurs Auteurs ?
Cet afyle eft un fanctuaire
D'où n'approchent point leurs fureurs.
Je voue à l'Amitié fidelle
Mes inftans, fortunés par elle.
Que dis-je ! en cet heureux féjour,
Il en eft auffi pour l'Amour.
Dans la retraite folitaire
Le cœur eft prompt à s'emflâmer.
A la ville on ne veut que plaire,
C'eft dans les champs qu'on veut aimer,
Après les frivoles tendreffes
De nos élégantes Beautés,
Ce long commerce de foibleffes,
D'ennuis & d'infidélités :
Après ce trifte perfifflage,
Que l'on appelle fentiment,
La fatigue d'être volage,
Ou le dégoût d'être conftant :
Combien il eft doux pour le Sage
De s'envoler dans les forêts,
Et de chiffonner les attraits
De quelques Nymphes de village !
Toi, l'unique objet de mes vœux,
Aline, ô toi que je préfere,

C 6

Sans art tu fçais me rendre heureux.
Va, ton art est d'être sincere.
Pour moi, je n'oublîrai jamais
Ce jour où, près d'une bruyere,
J'appris à ma jeune Bergere
De l'Amour les premiers secrets.
Quelle vérité ! que d'attraits !
Dans ton sein couloient quelques larmes :
Elles humectoient nos baisers :
Et déjà tes voiles légers
Cessoient de m'envier tes charmes.
Heureux le Mortel transporté,
Qui réalisant l'espérance,
Saisit le moment souhaité,
Triomphe de la résistance,
Et fait sentir à la Beauté
La douloureuse volupté,
Où meurt la timide innocence !
Bannis sur-tout de vains regrets
Pour un bien que l'Amour moiffonne,
Il en est mille qu'il nous donne,
Et ses larcins sont des bienfaits :
Ce Dieu nous couvre de son aîle :
Mon bonheur peut être ignoré ;
Aime-moi bien, sois-moi fidelle,
Et n'en dis rien à ton Curé.
Sans ornemens tu fçais me plaire,

# LE MALHEUR,
## ODE.

COUVRE-TOI de voiles funebres,
Mufes , prends tes plus noirs pinceaux :
Que la douleur de fes ténebres
Obfcurciffe tous mes tableaux.
Loin de moi cette ardente ivreffe
Qui peignoit tout à ma jeuneffe
Sous les traits les plus féduifans.
Soleil , dérobe ta lumiere ;
Et toi , dirige ma carriere ;
O nuit , préfide à mes accens.

✕

QUELS cris jufqu'à moi retentiffent ?
Quel deuil remplit tout l'Univers ?
Combien de malheureux gémiffent
Sous le trifte poids de leurs fers ?
Dieux ! quelle illufion touchante
D'un Spectacle qui m'épouvante
Vient me retracer les horreurs ?
Oui , de tous les Mortels enfemble
Ma pitié fous mes yeux raffemble
Et l'infortune & les erreurs.

※

JE vois des Etres innombrables ,
Éternels jouets de la Mort ,
Et des arrêts irrévocables

Que contr'eux a lancés le fort.
En vain leur raifon enchaînée
A la févere deftinée
Voudroit oppofer fon orgueil :
L'aftre fanglant qui les domine,
Les entraîne vers leur ruine ,
Et les plonge dans le cercueil.

※

L'UN , fier d'un courage ftoïque ,
Inacceffible au fentiment ,
De fa fermeté tyrannique
Se fait un éternel tourment :
L'autre , moins malheureux peut-être
Au plaifir immole fon être ,
Sous le joug des fens abattu ;
Et chacun , dans fa folle ivreffe ,
Change fon erreur en fageffe ,
Et fa paffion en vertu.

※

Ou fuis-je ? quels climats fauvages !
Quels facrifices odieux !
Quoi ! le meurtre fur ces rivages
Eft l'encens que l'on offre aux Dieux !
Quels font ces monftres exécrables
Qui dans le fein de leurs femblables
Plongent leurs parricides mains ?
Ils fe repaiffent de carnage ;
Et je vois leur tranquille rage
S'abreuver du fang des humains.

※

GRAND Dieu ! quelle ardeur de vengeance
Remplit mon cœur épouvanté ! . . . .

Mais non , plaignons leur ignorance,
En déteſtant leur cruauté.
Du préjugé qui les maîtriſe ,
De l'erreur qui les tyranniſe
Ils ſuivent l'aſcendant affreux ;
Et ſouillés du ſang des victimes ,
Ils ſont , au milieu de leurs crimes ,
Moins coupables que malheureux.

※

Ah ! ſur cette image ſanglante
Jettons plutôt un voile épais :
Ma Muſe interdite & tremblante
Ne ſçait point chanter les forfaits.
Parcourons les Peuples célebres ,
Que de ſes profondes ténebres
L'ignorance n'offuſque pas ;
Et de leur raiſon infidelle
Voyons ſi la foible étincelle
Vers le bonheur conduit leurs pas.

※

De cette pompe fantaſtique
Que l'éclat eſt vain & trompeur !
Le dedans n'eſt qu'un corps étique
Que mine en ſecret le malheur.
Par le droit de nuire enhardie ,
La ténébreuſe perfidie
Des loix y brave les efforts ;
Et nos Arts , de nos maux complices ,
Sans borner le nombre des vices ,
N'y font qu'augmenter nos remords.

※

AINSI l'on voit dans une plaine
Brillante de mille couleurs,
Rouler les flots d'une fontaine
Dont le cours eft femé de fleurs :
Brûlé d'une foif dévorante,
Vers l'Onde pure & tranfparente
Vole un voyageur entraîné ;
Mais par cette liqueur traîtreffe,
Sur cette rive enchantereffe,
Il tombe & meurt empoifonné.

※

VANTEZ moins, Villes floriffantes,
Ce faux bonheur qui vous féduit :
La caufe qui vous rend puiffantes,
Infenfiblement vous détruit.
Coloffes, qui touchez la nue,
Frappés d'une main inconnue,
Bientôt on vous verra tomber ;
Un terme vient où tout expire ;
Le plus grand, le plus vafte empire,
Eft le plus près de fuccomber.

※

QUEL démon, quel divin génie
Me tranfportera dans des lieux,
D'où l'infortune foit bannie,
Climats favorifés des Cieux !
Souhaits impuiffants & ftériles !
Mortel, tes cris font inutiles !
Du deftin refpecte les loix :
Le malheur eft ton appanage :
Il flétrit la vertu du Sage,
Et defcend dans le cœur des Rois.

※

LEUR félicité n'eſt qu'un rêve
Dont un inſtant détruit le cours ;
Un ſeul cheveu retient le glaive
Sans ceſſe étendu ſur leurs jours.
Du monde poſſédant l'empire,
Le vainqueur d'Arbelles ſoupire,
De pareſſe accuſe ſon bras :
Il part, vole, rien ne l'arrête ;
Mais le malheur eſt ſa conquête,
Et ſon triomphe le trépas.

*

O toi de qui la prévoyance
Connoît juſqu'à nos moindres maux ;
Toi, qui fis ſortir l'exiſtence
De l'abîme obſcur du cahos :
Au ſein de ta gloire immobile,
Avec un œil ſec & tranquille ;
Peux-tu voir ces triſtes Mortels,
Dont l'obéiſſante foibleſſe,
Soumiſe à ta ſombre ſageſſe,
T'éleve en tremblant des Autels ?

*

SI ton inflexible juſtice
Exige un ſervile tribut ;
Sans doute la bonté propice
Eſt ton plus ſublime attribut.
Du bonheur ſur notre hémiſphere
Répands un rayon ſalutaire,
Du haut du céleſte ſéjour ;
Et bientôt, offert ſans contrainte,
L'encens que tu dois à la crainte,
Tu le devras à notre amour.

*

QU'AVEC plaisir je t'envisage
Abaissant tes yeux satisfaits
Sur des Etres de qui l'hommage
Seroit le prix de tes bienfaits !
Jouis d'un si beau privilege !
L'infortuné qui nous assiege
Souille tes regards généreux :
On hait les tyrans redoutables ;
Et si les Dieux sont adorables,
C'est quand les Mortels sont heureux.

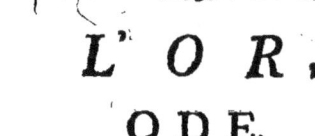

# L'OR,
## ODE.

DANS les flancs de la Terre avare,
Voifin du gouffre des Enfers,
L'Or, ce trifte enfant du Ténare,
Laiffoit refpirer l'Univers.
En ce premier âge du Monde,
On goûtoit une paix profonde,
Que ne troubloient point les forfaits ;
Au fein d'une volupté pure,
Nos cœurs foumis à la Nature
Etoient heureux par fes bienfaits.

✳

ALORS on ignoroit encore
L'orgueil des titres & des rangs,
Et ces fleaux que l'homme honore
Du nom pompeux de Conquérans.
Jouiffant des droits de fon être,
Il ne courboit point fous un Maître,
Un front au joug accoutumé :
Libre, à l'inftant de fa naiffance,
Il ne devoit l'obéiffance
Qu'aux Dieux feuls qui l'avoient formé.

✳

QUEL fracas ! ô fureur ! ô crime !
Arrêtez, aveugles humains ! . . . . . .
Où courez-vous ? Ciel ! quel abîme
Creufent leurs facrileges mains !

La clarté fait frémir les ombres :
Ils vont jusqu'aux cavernes sombres
Braver les Enfers étonnés :
L'erreur à cette race avide
Préfentant le métal perfide,
Irrite leurs vœux effrénés.

※

D'UNE mine obfcure & brillante
Je les vois, ces Spectres affreux,
Suivre la trace étincelante
Au fond des antres ténébreux.
L'avarice pâle & défaite,
Avec une joie inquiete,
Eclaire leurs fombres travaux.
Que le Ciel tombe, qu'ils périffent !
Pourvu que leurs efforts raviffent
Ce qui doit enfanter leurs maux.

※

DIEU puiffant, lance ton tonnerre :
Punis ces Mortels indifcrets,
Qui jufqu'au centre de la Terre
Vont te dérober tes fecrets.
Mais non ; fufpends, fufpends ta foudre,
C'eft peu de les réduire en poudre ;
Laiffe-les fentir leurs malheurs ;
Et que ce Monftre, dont leur rage
Se fait une fi belle image,
Te venge, en déchirant leurs cœurs.

※

OUI je le vois, ce monftre impie
Franchir les bords du Phlégéton,
Et fous les traits d'une furie,

S'élancer du fein de Pluton.
Des gémiffemens moins funebres
Retentiffent dans les ténebres
De fes Royaumes fouterrains ;
Et, loin de retenir fa proie,
Tout l'Enfer tréfaille de joie
Du préfent qu'il fait aux humains.

⁂

Couvert de vaiffeaux innombrables
Déjà l'Océan courroucé
Sous l'effort des rames coupables
Frémit de fe voir traverfé :
Parcourant les plaines profondes,
Quels nouveaux Souverains des Ondes,
Semblent défier les revers ?
Le Ciel envain lance des flammes
L'ardeur qui dévore leurs ames,
N'a de bornes que l'Univers.

⁂

Themis s'enfuit épouvantée
Aux cris lugubres des mourans ;
Et, fur la terre enfanglantée
Je vois naître les Conquérans.
Sur leur tête gronde la foudre ;
Leurs pieds écrafent dans la poudre
Le front avili des Mortels.
Et, déïfiés par les crimes,
Leurs Pontifes font leurs victimes,
Et des tombeaux font leurs Autels.

⁂ —

ILS parlent ; on conſtruit des villes !
Peuples dignes de vos malheurs ,
Quoi ! vous élevez des aſyles
Pour y recevoir vos Vainqueurs !
Vous baiſez la main qui vous bleſſe ?
Je vois , je vois votre baſſeſſe
De vos Tyrans faire des Rois :
Le vil intérêt les couronne ,
L'injuſtice entoure leur trône ;
La crainte éterniſe leurs droits.

※

TANDIS qu'une lâche induſtrie
S'empreſſe à combler leurs deſirs ;
Privés du ſoutien de la vie ,
Vous gémiſſez de leurs plaiſirs.
Gagés pour encenſer des vices ,
Leurs flatteurs de vos maux complices ,
Recueillent ſeuls tous les bienfaits ;
Et leur orgueilleuſe opulence
Semble inſulter à l'indigence
Des infortunés qu'ils ont faits.

※

CONTRASTE affreux ! funeſte image !
O honte de l'humanité !
Eſt-ce là ce juſte partage
Preſcrit par la Divinité ?
Lorſque plus riante & plus belle
La Terre active renouvelle
Le germe dans ſes flancs caché ;
Le chêne , fier de ſon ombrage ,
Voit-il l'arbriſſeau ſans feuillage
Près de lui mourir deſſéché ?

※

DE nos maux source enchanteresse,
Du Monde ressort dangereux,
Ah ! que ne restois-tu sans cesse
Enseveli loin de nos yeux ?
Terre , reprends dans tes abymes ,
Reprends tes trésors & nos crimes ,
Reviens , généreuse équité ;
Et parmi nous ramene encore
Les seuls biens que mon cœur implore,
Le bonheur & l'égalité.

# STANCES
## SUR LA MORT D'UN AMI.

SOUS le noir ciseau de la Parque
Mes yeux ont vu tomber tes jours,
Ami, te voilà pour toujours
En proie au ténébreux Monarque.
L'amitié, ni l'Amour en pleurs,
Du Nocher de la sombre barque
N'ont pu suspendre les rigueurs.

❊

QUE fais-je ? ma douleur t'outrage ;
Cet instant, qu'on nomme la mort,
N'est qu'un terme, où l'homme s'endort ;
Après un pénible voyage.
Ta vertu qui vit dans les Cieux,
Ne veut de moi qu'un pur hommage,
La plainte importune les Dieux.

❊

CE tombeau m'instruit & m'éclaire
Sur le néant de l'Univers :
Mes yeux enfin se font ouverts.
Oui, ce bonheur imaginaire
Que nous poursuivons ici-bas,
N'est qu'une trompeuse lumiere
Que fait éclipser le trépas.

❊

REVES brillants, voluptés vaines,
Vous ne féduirez plus mon cœur,
Des efclaves de la grandeur
Je n'irai point briguer les chaînes.
Si l'arbitre de l'avenir
Me prépare à fon gré des peines,
Je ne veux point les prévenir.

※

ENTRE les bras de la molleffe,
Libre de crainte & de defirs,
Loin des bruyans & faux plaifirs,
Je verrai couler ma jeuneffe.
J'attendrai la mort fans terreurs,
Et que craindrois-je ? mon ivreffe
M'en épargnera les horreurs.

# RÉFLEXIONS
## SUR LA POÉSIE.

L'Esprit systématique fait de jour en jour de nouveaux progrès. On bouleverse les principes des arts ; on les asservit à sa maniere de voir & de sentir : il semble que chaque homme de lettres célebre ait le droit de consacrer ses erreurs & de les sceller, pour ainsi dire, du sceau de sa réputation. Malgré ce vertige général, je pensois que la Poésie seroit respectée. La Philosophie peut enfanter une foule de systêmes tous différens, & tous vraisemblables, les songes ingénieux de la Métaphysique peuvent varier à l'infini : rien de si vaste que le champ des conjectures. La vraie Poésie est unie ; son caractere est fixe, sa beauté invariable : il étoit réservé à quelques hommes d'esprit de nos jours, de prétendre la rabaisser, de vouloir la frapper jusques dans ses fondemens.

Je vais mettre un seul article de leur systême sous les yeux des Juges éclairés ; qu'ils prononcent. La richesse des images, le style pittoresque, le coloris, sans lequel il n'y a point de tableaux, tout ce qu'on exige des

D 2

Poëtes , eſt préciſément ce qu'on leur in-
terdit : on veut apparemment que nos Poé-
ſies ſoient des Traités , nos vers des Senten-
ces, nos Poëtes des raiſonneurs. Il valoit
mieux ne point admettre de Poéſie, que
de nous l'offrir ſous des traits ſi étrangers.
L'innovation de l'ingénieux M. de la Motte,
contre laquelle on a déclamé avec tant
de juſtice & d'avantage , me paroît judi-
cieuſe en comparaiſon de celle qu'on veut
introduire. Il n'en vouloit qu'à la rime ; elle
n'eſt que la forme de la Poéſie : aujourd'hui
c'eſt le fond qu'on attaque ; ſous prétexte
de la perfectionner , on voudroit l'anéantir.
Mais pourquoi les images choquent - elles
ces Meſſieurs ? Pourvu qu'elles n'ôtent rien
à la juſteſſe des idées , il me ſemble que
la Philoſophie , même la plus ſévere , pourroit les adopter avec ſuccès. Le Pere Mal-
lebranche , ce Philoſophe ſi plein de ſens,
étincele ſouvent de beautés vraiment poë-
tiques : ſa recherche de la vérité joint à
la force du raiſonnement , les charmes d'une
riante imagination. Platon qui chaſſa Homere de ſa ville idéale , ne perſuade jamais
mieux que lorſqu'il emprunte les couleurs
de l'Iliade : Bàyle enfin , ce Logicien ſi ſub-
til , abandonne quelquefois le fil de la Dia-
lectique , pour cueillir les fleurs qui ſe pré-
ſentent ſous ſa main. Ces Auteurs ſentoient
bien que la vérité a beſoin d'embelliſſemens

Pourquoi donc enlever à la Poéſie des ornemens que la Raiſon même ne proſcrit
point ? Le vrai Philoſophe, ce me ſemble,
eſt celui qui, loin d'ôter aux Sciences &
aux Arts, ce qu'ils ont déjà, ne travaille
qu'à les enrichir de ce qu'ils n'ont point
encore. Il eſt beau, ſi l'on peut, d'enchérir
ſur les découvertes des âges précédens ;
mais doit-on chercher à éteindre les lumieres qu'ils nous ont tranſmiſes ? Ce ſeroit
le moyen de nous replonger dans le cahos
de la barbarie. Il faut ( du moins je me l'i-
magine ) reprendre la route où nos grands
hommes l'ont quittée, ſuivre leurs traces
immortelles, & s'étayer de leurs efforts. Le
génie a toujours aſſez de chemin à faire ;
& il me paroît inutile de recommencer
une carriere immenſe, lorſqu'on approche
du terme, & qu'on pourroit enſuite en
ouvrir une nouvelle. C'eſt que malheureuſement la vanité préſide bien plus à nos
recherches, que l'amour déſintéreſſé des Arts:
nous detruiſons pour obtenir le titre de
Créateurs. Jamais le goût des paradoxes
n'a été porté ſi loin ; le dernier ſur-tout
me paroît inconcevable, du vivant d'un
Poëte Philoſophe, & qui doit, à ce qu'on
voudroit bannir de la Poéſie, la plus grande partie de ſa réputation. Mais rien de nos
jours n'eſt à l'abri de cette fureur de cho-
quer les idées. On ne croit à rien, on ne

respecte rien, & nos grands hommes sur-
tout sont jugés avec une souveraineté, qui
n'a point d'exemple. Homere, Virgile, Pindare, Horace, ne sont plus ces Maîtres su-
perbes que l'admiration de plusieurs siecles
sembloit mettre à l'abri d'un nouvel exa-
men : ils nous sont offerts comme des esclaves soumis qui viennent attendre qu'on
leur renouvelle, pour ainsi dire, un bail
d'immortalité : heureux encore s'ils sont
accueillis avec faveur, & ne se voyent point
déchus de leurs prétentions ! Est-il possible,
par exemple, que des hommes de goût pré-
férent Lucain, le dernier de nos bons Poëtes, à Homere, à Virgile ? Lucain a sans
doute des morceaux brillans, des éclairs
d'éloquence qui échauffent, qui entraînent
pour le moment : mais a-t-il cet ensemble
plein de chaleur, cette connoissance profonde du cœur humain, cette variété de
caracteres, cette imagination enflammée, ce
pinceau toujours vrai qu'on admire dans
l'Iliade ? A-t-il cette sage économie, ces ressources de l'art, ce fil imperceptible, cette
gradation d'intérêt, cette magie de style qui
caractérisent l'Enéïde ? Celui de Lucain n'est
presque jamais naturel ; souvent ses pensées
paroissent sublimes à l'oreille, & deviennent
puériles lorsqu'on les décompose. Il affecte
une pompe d'expressions, un faste mono-
tone qui fatigue. Son poëme est dépourvu

d'imagination , de machines. Lucain eſt un
Hiſtorien Verſificateur , ſon poëme , une
gazette bourſoufflée. Tel eſt le jugement de
nos meilleurs Critiques. Je n'oſerois y join-
dre le mien , ſi je n'étois enhardi par leurs
déciſions , & par l'Arrêt irrévocable de la
poſtérité. Virgile , nous dit-on , a ſuivi de
trop près les traces d'Homere. Qu'importe ,
pourvu qu'il l'égale , qu'il le ſurpaſſe. Didon
fait oublier Calypſo : ce n'eſt point ſur les
pas d'Ulyſſe qu'Énée deſcend aux Enfers.
Le Poëte latin n'employe cet épiſode ad-
mirable , que parce qu'il étoit néceſſaire à
ſon plan. Que de beautés , vraiment ori-
ginales , n'en réſulte - t - il pas ? Quel dé-
veloppement ingénieux de la Philoſophie de
ſon temps ! Quelle flatterie délicate pour la
Cour d'Auguſte ? Virgile imitateur ! & depuis quand une noble imitation eſt-elle interdite aux Poëtes ! M. de Voltaire n'a-t-il
pas profité lui - même des beautés des An-
ciens ? Dira-t-on pour cela que le maſſacre
de la S. Barthelemi n'eſt qu'une copie de
l'embraſement de Troye ? que c'eſt à Didon
que nous devons la belle Gabrielle ? Nos
Ariſtarques paroiſſent pencher beaucoup pour
le Taſſe ; mais du moins qu'ils s'accordent.
Ils déteſtent dans le Poëme épique , ce que
nous appellons *la machine* ; c'eſt-à-dire l'in-
tervention des êtres allégoriques perſonifiés.
Eh ! quel Poëte les a plus prodigués que

l'Auteur de la Jerusalem délivrée ! on rencontre à chaque pas dans son ouvrage des Dieux & des démons. L'enfer, les cieux, toute la nature y est en mouvement. Milton intéresse de même à son action toutes les Puissances célestes & infernales. Homere est créateur de ces ressorts, employés depuis avec succès. C'est à ces Poëtes cependant qu'on décerne le prix, tandis qu'on le refuse à Virgile, cet Écrivain si sage, si intelligent dans l'art de remuer les passions, si économe du merveilleux, & qui semble s'être rapproché davantage du système de ses injustes Critiques. Ils auroient dû éviter ces contradictions, & ne point s'embarrasser dans leurs propres pieges. Les Géans étoient bien armés, lorsqu'ils firent la guerre aux Dieux.

J'ai cru pouvoir hazarder quelques réflexions sur cette matiere, sans blesser la délicatesse de ceux dont je combats le système, en rendant justice à leur mérite. Rien de plus dangereux que le despotisme qui s'introduit depuis quelque temps dans les Lettres ; tous les esprits y sont ou tyrans, ou esclaves ; si quelque parti domine, on applaudit à ses paradoxes, tandis que l'autre ose à peine bégayer quelques vérités. Cette tyrannie annonceroit, selon moi, la décadence prochaine des Lettres & des Arts. La mâle liberté d'écrire peut seule hâter la len-

teur de leurs progrès ; c'eſt du choc de dif-
férentes lumieres réunies que naît enfin le
jour de la Raiſon. Pour moi, ennemi des
diſputes littéraires qui troubleroient mon
repos, je n'ai élevé une voix foible qui ne
ſera peut-être pas entendue, que parce qu'on
attaquoit des goûts qui contribuent à mon
bonheur. J'aime la Poéſie, j'adore les An-
ciens, & je ne changerai point de culte
juſqu'à ce que les Modernes les ſurpaſſent.
On peut renoncer à des ſyſtêmes, jamais
à des ſentimens.

# LA POÉSIE,

## ODE.

*Ut Pictura, Poesis.*

LE Parnasse, autrefois siege de l'harmonie,
Ce Mont, d'où s'élançoient les éclairs du génie ;
Dans la nuit du cahos est-il donc replongé ?
A la froide raison on soumet Polimnie ;
Et son culte avili n'est point encor vengé.

※

JE cherche en vain cette Déesse altiere,
   Qui, dans son vol ambitieux,
   Jusqu'au foyer de la lumiere,
   Affrontoit le regard des Dieux.
Je ne vois plus qu'une Muse tremblante,
   Dont tous les feux sont amortis ;
   Qui toujours foible & chancelante,
Traîne, en les mesurant, ses pas appesantis.

※

OMBRES des demi-Dieux, Mânes de nos Orphées,
Dont les noms échappés de l'abîme des temps,
Conservoient parmi nous leurs honneurs éclatans,
   Et triomphoient des brigues étouffées ;
Des attentats de vos Censeurs nouveaux
      Défendez vos trophées,
Et l'immortel laurier qui croît sur vos tombeaux.

※

La raiſon timide & ſévere
Veut ſymétriſer vos accords ;
Aux loix d'une ſageſſe auſtere,
Elle aſſujettit vos tranſports.
De votre gloire elle diſpoſe ;
Sous ce joug qu'elle vous impoſe
Venez courber vos fronts altiers ;
Et, briguant de viles entraves,
A ſes genoux, humbles Eſclaves,
Venez dépoſer vos lauriers.

※

Vous qu'Apollon enflamme encore,
Laiſſez vos brillantes couleurs ;
Déſormais à la jeune Flore
Arrachez ſes treſſes de fleurs.
Enlevez les fruits à Pomone,
A Cérès ſa faulx, ſa couronne,
L'or ondoyant de ſes guérets ;
Et, dans vos peintures nouvelles,
Au Zéphir dérobez ſes aîles,
A l'Amour ſon arc & ſes traits.

※

La Raiſon proſcrit ces images ;
C'eſt elle qu'il faut écouter ;
Et nos Poëtes ſont des Sages
Qui ne ſçavent que diſſerter.
Jaloux d'une palme fragile,
Homere, Pindare, Virgile,
Ont en vain bégayé des vers.
Le Monde étoit dans ſon enfance ;
Et le jour qu'attendoit la France,
Va ſe lever ſur l'Univers.

※

QUELLE fainte fureur m'anime !
Difparoiffez , barbares loix.
Mufes , je vous retiens fur le bord de l'abîme ;
De vos Autels il faut venger les droits.

※

MAIS quels concerts fe font entendre ?
C'eft toi, noble fille des Cieux ,
Qu'en ce moment je vois defcendre
Du Palais enflammé des Dieux.
Tout l'Olimpe te fert de trône ;
Un Nuage d'or t'environne.
Du vif éclat de tes couleurs
La voûte des airs fe nuance ;
Et l'Amour fur ton front balance
Des feftons de mirthe & de fleurs.

※

L'AURORE vient t'offrir fon écharpe éclatante ;
Le Soleil fes rayons , Hébé fon doux fouris ;
Elevant jufqu'à toi fa conque tranfparente ,
La Déeffe des mers , le front ceint de rubis ;
Apporte à tes genoux les tréfors qu'elle enfante.

※

DES Champs Elifiens les immortels berceaux
Par toi fe couvrent de verdure.
Par toi l'Aquilon fiffle , & le Zéphir murmure ;
Tu commandes à la Nature ,
Et tu la reproduis fous tes brûlans pinceaux.

※

LE Printemps fur tes pas renverfe fes corbeilles ;
Lui-même il rajeunit le verd des arbriffeaux ;
Et Bacchus , en riant , t'offre l'oubli des maux ,
Dans le jus ambré de fes treilles.

※

Tu parles , les humains confufément épars ,
Vont s'affembler fous de communs afyles.
Je vois naître les loix & s'élever des Villes
les magiques remparts.

※

LA vérité par toi quitte enfin fa rudeffe ;
Empruntant ta parure , elle a repris fes droits ;
Et, fous des traits plus doux , s'approche avec adreffe
De l'oreille des Rois.

※

O charme heureux de l'harmonie !
Flatteufe illufion , fouveraine des cœurs ,
Tout l'Univers eft plein de ta magie ;
Et le plaifir arme tes défenfeurs.

※

QUAND la Reine de l'Empirée
Des Grecs favorifant les coups ,
Du fils de Saturne & de Rhée
Voulut défarmer le courroux ;
Eft-ce donc toi , froide fageffe ,
Qui fçus prêter à la Déeffe
Un Art & des traits inconnus ?
Plus belle & fur-tout moins févere ,
Elle n'emprunta , pour lui plaire ,
Que la ceinture de Vénus.

※

DÉJA le Maître du Tonnerre
Sourit avec férénite ;
Ses yeux, qu'enflammoit la colere,
Etincelent de volupté.
Il s'attendrit, brûle, fuccombe ;
Du haut des Cieux un voile tombe
Soutenu par mille Zéphirs ;
Et l'Ida, que couvre un nuage,
Voit éclorre un nouveau bocage,
Où le Dieu cache fes plaifirs.

※

TEL eft ton charme, augufte Poéfie,
Qu'on veut emprifonner dans un trifte devoir,
Semblable à la beauté par l'Amour embellie,
Il ne faut point juger, mais fentir ton pouvoir.

※

O vous qu'offenfe un beau délire,
Qui jamais d'Apollon n'éprouvez les fureurs ;
Dont l'oreille fe ferme aux accords de la lyre,
N'érigez plus en loix vos ferviles erreurs.
Votre caprice enfin refferre
L'effor d'un vol audacieux
Quand le timide oifeau rafe humblement la Terre,
L'Aigle s'élance, & fe perd dans les Cieux.

※

# RÉFLEXIONS
## SUR LE CONTE.

DE tous les genres d'écrire, le Conte eſt, ſans contredit, celui qui ſe rapproche le plus de la Nature : il en eſt l'expreſſion naïve ; il doit en emprunter tous ſes ornemens. C'eſt un enfant qui ne ſçauroit nous plaire, qu'autant qu'il nous reproduit les traits de celle à qui il doit la naiſſance : mais comme il eſt en nous de tout altérer, en croyant tout perfectionner, à meſure que l'eſprit a fait des progrès, le Conte, avec ſa ſimplicité, a perdu ſon premier charme. Quelques imaginations ardentes & déréglées en ont détourné l'uſage & la deſtination. Ce qui étoit fait pour amuſer ou pour inſtruire, eſt devenu l'art d'endoctriner les paſſions, qui ne ſont déjà que trop ingénieuſes & trop ſçavantes.

Au reſte, je ne prétends point m'ériger en Moraliſte ; malheureuſement par-tout où il y a des hommes aſſemblés, il faut preſque toujours les corrompre pour leur plaire. Je ne m'attacherai donc qu'à la partie du goût & au caractere particulier des diſférens Ecrivains qui se sont exercés dans le-genre dont il est question.

Les Grecs, qui ont trouvé des Imitateurs, étoient naturellement vifs, légers, railleurs, ingénieux, amoureux de cette Philosophie qui se moque de tout, parce qu'elle n'attache de prix à rien ; estimant plus leurs Poëtes que leurs Généraux, & préférant la représentation d'une Piece nouvelle d'Euripide au gain d'une bataille : ils auroient oublié les maux que leur fit la Guerre du Péloponnese, si on l'avoit mise en Vaudevilles.

Admirateurs excessifs, ou détracteurs cruels, ils persécutoient leurs Sages, déïfioient leurs Bouffons : c'étoit un Peuple charmant.

Aussi fut-ce à Athenes, où le caractere de la Nation déployoit toutes ses nuances, & se jouoit sous toutes les formes, que le célebre Ecrivain de Samosate * jetta les fondemens de sa réputation. C'est là qu'il prit ce ton de plaisanterie, cette légéreté, cet attichisme que l'on trouve dans ses Contes & dans ses Dialogues : c'est-là qu'il apprit à connoître les hommes. Ce que

* *Lucien.*

J'aime fur-tout dans Lucien, c'eſt ce dédain philoſophique, cette noble indépen-
dance qui ne plie que ſous le joug de la
Raiſon. Avec lui, la vanité n'a point de
ſubterfuges. Il la pourſuit dans ſon dédale;
il ſe fait jour à travers ce brouillard d'encens dont les Grands ſont enveloppés;
il les apprécie, leur arrache le maſque,
& les expoſe à la riſée de l'Univers. Il fait
deſcendre les Dieux de l'Olimpe, les Rois
de leur trône, les Héros de leur char de
triomphe, & tous viennent rougir à ſes pieds
de leurs vices & de leurs foibleſſes. Que
ne ſert-il d'exemple à ces hommes timides qui rampent dans le cercle étroit des
bienſéances ſerviles, & qui oſent écrire
quand ils craignent de penſer ? Lucien ne
ſe borne pas à un ſeul ton : quelle délicateſſe, quelle chaleur, quelle grace, dans le
récit des Amours de Téomneſte ! Le Conte de l'Ane eſt un chef-d'œuvre de gaîté,
de fineſſe & de narration.

On a intitulé *Odes* les Œuvres d'Anacréon,
mais la plupart ſont en récit, & peuvent
paſſer pour des Contes : tels ſont *la Vengeance de l'Amour*, *l'Amour réfugié*, *l'Amour
de cire*, & tant d'autres : ainſi je puis en
parler, ſans m'écarter de mon objet. Anacréon eſt, ſans contredit, le Poëte le plus
aimable, le plus facile, le plus riant de

toute l'Antiquité : malheureusement on l'a
défiguré parmi nous. Comment , dans le
silence d'un cabinet , peut-on se remplir de
ce feu qu'il puisoit dans les yeux de sa Maîtresse, dans le désordre de la table & dans
l'entretien de ses amis ? C'est une fleur
qui n'a ni éclat ni parfum loin du sol qui
l'a vû naître. Ce Poëte est un de ceux qu'il
faut laisser dans leur langue naturelle : il
est moins difficile de l'égaler que de le tra-
duire.

LE Conte fleurissoit aussi parmi les Romains. Pétrone , Chevalier Romain , Pro-
consul de Bithynie , Consul sous Néron ,
& plus que tout cela, homme de plaisir
& de bonne Compagnie, fut un de ceux
qui excellerent dans ce genre. Il trouva le
moyen d'avoir du goût sous le regne de
Claudius * & de la délicatesse à la Cour
de Messaline. C'est lui qui étoit chargé de
désennuyer l'Empereur en inventant chaque
jour quelque fête nouvelle. Personne n'a
porté plus loin que lui la recherche de la
volupté, &, si l'on peut le hazarder , l'é-
rudition du luxe & des plaisirs. Il donnoit
à la Cour la douce empreinte de son caractere & de son génie. Il respire dans ses
ouvrages : c'est par-tout un courtisan délié ,

* *Empereur crapuleux.*

un libertin aimable, dont les couleurs font toujours fraîches & animées, & qui ne peint les paſſions qu'après les avoir ſenties, Il eſt certain que la familiarité des Grands, quelque dépravés qu'ils puiſſent être, eſt très-utile à ceux qui écrivent. On y trouve cette aiſance, cette politeſſe, cette aménité, ce je ne ſais quoi qu'on peut appeller le vernis de l'eſprit & la fleur de l'imagination. C'eſt toujours avec diſtinction qu'ils ſont vicieux & ridicules, & peut-être eſt-ce à Claudius que Pétrone eſt redevable de ſon immortalité. Son Conte, appellé *Satiricon*, prouve à quel point il avoit étudié les hommes, & l'on voit dans ſes Amours de Circé & de Polyenos & dans la Matrône d'Epheſe, combien il connoiſſoit les femmes. Il ne faut point oublier parmi les Italiens Bocace & l'Arioſte. L'un plaira toujours par gaîté franche & la pureté de ſon langage : l'autre eſt un fou plein de génie.

MAIS c'eſt parmi nous particuliérement que le Conte a fait des progrès ſenſibles & qu'il a acquis un nouveau degré de perfection. Il faut remonter juſqu'à Rabelais, que j'ai le malheur de ne pas entendre & de ne pas admirer. Je ne conçois rien à ſa gaîté hiéroglyphique, à ſon bavardage éternel, à ſes indécentes facéties, & je conçois encore moins du Bellay, Evêque de Paris qui banniſſoit de ſa ſociété teus ceux qui ne ſçavoient poin *Maître* * *François* par cœur. J'avoue que des gens de beaucoup d'eſprit liſent encore par choix cet Auteur ſingulier ; ils ont ſans doute le mot de l'énigme, & puiſqu'elle les amuſe, je n'ai rien à leur répondre.

MAROT eſt précieux par ſa naïveté. Les petits Contes de Rouſſeau le ſont par leur énergie : il ſemble qu'ils ſoient écrits ſous la dictée du Dieu des Jardins. Je ſuis loin cependant d'approuver ce genre d'ouvrages. L'obſcénité † ne doit jamais ſouiller la plume d'un galant-homme.

L'Amour eſt nud ; mais il n'eſt point crotté.

Ce vers me ramene enfin à notre divin là Fontaine, le plus original peut-être de tous les Auteurs qui ont illuſtré la France. Tant de longs Poëmes, écrits avec une pompe faſtidieuſe, ne ſeront point lus par la poſtérité, & elle n'oubliera jamais Joconde, l'Oraiſon de S. Julien & les Cordeliers de Catalogne.

On a appellé la Fontaine l'*Enfant gâté* de

* *Surnom de Rabelais.*
† C'eſt le défaut des Contes de Vergier, de l'Abbé Grécourt & de Verville, Chanoine de Tours.

la nature : elle lui a fait à la vérité des confidences particulieres, & prodigué des secrets que l'on n'arrache ordinairement qu'après bien des efforts. Tout son génie est en instinct : il s'ignoroit lui même, & il étoit sublime sans le sçavoir. Jamais il n'a cherché les fleurs dont il a semé ses ouvrages, elles se présentoient à lui ; il n'avoit que la peine de les cueillir, & ne se donnoit jamais celle de les arranger. Ses Fables sont un trésor de morale, de goût & de simplicité. On peut regarder ses Contes comme les Archives de l'Amour & de la Galanterie. On lui a reproché la monotonie de ses sujets : mais quelle variété dans les détails ! quelle vérité dans les narrations ! il séduit, il entraîne ; & le plaisir qu'on éprouve le lisant, ne laisse point la force de raisonner sur ses défauts. Que dis-je ? Ses défauts même sont des graces : il est des négligences heureuses ; dans le Conte surtout, que glacent nécessairement la recherche & l'affectation. La Fontaine ressemble à ces Beautés à qui le négligé sied mieux que la parure.

Pour le bien juger, il faut lire ce qu'en a dit dans son Epître aux Poëtes M, Marmontel, qui lui-même a fait des Contes charmans. Dans leur genre ils peuvent servir de modeles. Il a écrit pour son siecle ;

il a faifi les nuances qui caractérifent nos mœurs. Son ftylé eft pur, élégant, plein de grace & de précifion. Ses Contes, en un mot, font l'ouvrage d'un homme du monde, d'un Philofophe aimable & d'un Moralifte ingénieux.

CEUX de Guillaume Vadé font un phé-nomene de la vieilleffe de M. de Voltai-re. Après Mahomet, la Henriade, & l'Hif-toire univerfelle ; il a bien voulu nous faire des Contes. Ils ont été avidement reçus par ce même Peuple qu'il traite avec tant de rigueur dans fon Difcours aux Velches. On lui a reproché cette invective contre une Nation dont il eft adoré, & qui lui en a tant de fois témoigné fa reconnoiffance.

Au refte on ne peut qu'admirer l'heureu-fe fécondité de cet immortel Écrivain. Il réunit tous les tons, fe plie à tous les goûts, & embraffe, fi l'on peut le dire, les deux pôles du monde littéraire. Il inftruit, il amufe, il confole : mais ce qui furprendra toujours, c'eft que dans un âge avancé, il ait confervé cette gaîté précieufe abfolu-ment perdue de nos jours ; & nous fom-mes fort heureux qu'il exifte à Genêve un vieillard pour nous faire rire, dans un fie-cle où nos jeunes gens font prefque tous d'une trifteffe infupportable.

TELLES font mes réflexions fur tous ceux qui fe font diftingués dans le genre du Conte. Développer leur caractere particulier, entrer dans le détail de leurs beautés, c'eft, je crois, indiquer le précepte, & le dépouiller de fa féchereffe & de fon infipidité.

L'ÉTUDE des grands modeles vaut mieux que toutes les leçons de nos prétendus Légiflateurs. Horace, Vida & Boileau réunis ne formeront jamais un Poëte : ils ont mis en vers de belles & d'harmonieufes inutilités. C'eft par fes fautes & fes écarts que le génie s'éclaire. Ainfi, fans vouloir donner des leçons, je hazarderai mon fentiment fur le genre de Conte que je crois le plus fait pour réuffir parmi nous.

C'EST chez le Peuple que la Fontaine a pris les principaux traits de fes tableaux : il a peint la nature *bourgeoife*, fi l'on peut le dire, & il l'a peinte avec des couleurs fi vraies, qu'il feroit indifcret de travailler après lui fur un fond qui lui appartient, & qu'il a orné de toutes les graces de fon génie. D'ailleurs, nous fommes dans un fiecle où la chimere du *bon ton* préfide aux productions légeres, & fait leur fuccès. J'entends ce mot de *bon ton* retentir de toutes parts, & je ne l'ai jamais entendu définir. C'eft qu'en effet il n'a aucun fens déterminé. On le doit à l'amour-propre de quelques ſociétés brillantes qui ont régné pendant quelque temps, & qui ont voulu abſolument retrouver dans nos ouvrages l'empreinte de leur eſprit, la frivolité de leur goût, & cette élégance efféminée que tant d'Ecrivains modernes ont priſe pour du talent. Quoiqu'il en ſoit, il faut juſqu'à un certain point adopter cette chimere.

Ce qu'on appelle la bonne compagnie eſt, comme les autres Ordres de Citoyens, fertile en intrigues amoureuſes, en avantures plaiſantes, en caracteres dignes du Conte. Pourquoi nos Marquis, nos Barons & tous nos Elégans Titrés ne remplaceroient-ils pas les Payſans, les Valets & les Muletiers, perſonnages ſi diſtingués dans la Fontaine ? Pourquoi, à la place de Cataut, de Perrette & de Magdelaine ne peindroit-on pas nos jolies femmes, qui ſous les pompons de l'art tiennent de ſi près à la Nature ?

Nous avons encore le conte philoſophique dont M. de Voltaire nous a donné des modeles dans ſon Memnon & ſon Zadig. Ce genre ſur-tout ne doit pas être négligé ; il eſt conforme à nos mœurs, à notre goût, à notre caractere ; la morale y diſparoît ſous le voile de l'enjoûment ; voilà ce qu'il nous faut, nous aimons la vérité, pourvu qu'on nous la diſe en riant ; & ce n'eſt qu'en nous amuſant, qu'on peut nous rendre meilleurs.

# LES TROIS FRERES,
## CONTE.

VERS ces beaux lieux, que l'Oise fertilise ;
Où loin de nous, regne encor la franchise :
Séjours heureux, & dont les habitans
Sont fort têtus, mais fort honnêtes-gens ;
Dans leur Châtel, vivoient jadis trois freres,
Jeunes tous trois, tous trois bien infolens,
Et des propos ne s'embarraffant gueres.
On refpectoit leur richeffe & leur nom.
Si l'on ofoit hazarder quelque plainte,
Ils menaçoient : au défaut de la crainte,
Leur or brilloit ; l'or a toujours raifon ;
Et, chaque jour augmentant leur enceinte,
Ces bons Seigneurs ravageoient le canton.

CHAQUE matin leur meute meurtriere
Se répandoit dans les bois, dans les champs,
Donnoit l'allarme à la Province entiere,
Et renverfoit les bleds encor naiffans.
Le Laboureur fuyoit dans fa chaumiere,
Et fur fon dos emportoit fes enfans.

*Partie II.*  E

CE n'étoit rien ; vrais fléaux des familles
A travers prés , dans leur emportement ,
Ils s'en alloient donnant la chaſſe aux filles,
Qu'ils violoient impitoyablement.
Rien ne pouvoit laſſer leur convoitiſe ;
On les nommoit les trois Dévirgineurs ;
De douze à vingt tout étoit à leur guiſe :
Sous une faulx ainſi tombent les fleurs.
Au coin d'un bois , le long d'une garenne ,
Ils vous happoient un tendron effrayé :
Ils violoient en chambre , comme en plaine :
De l'innocence ils n'avoient point pitié.
Les malheureux ! tremblante , déſolée ,
La Picardie étoit dépucelée ;
Chacun trembloit : maintes meres en pleurs,
Trop tard , hélas ! poſoient des ſentinelles ,
Maudiſſant bien les trois Dévirgineurs,
Et le reſpeϩ qu'ils n'avoient que pour elles :
Car c'étoit là le comble des horreurs.
Manquant de proie , à la fin nos Alcides
Se repoſoient , même il couroit un bruit,
Que de tels faits leur cœur étoit contrit.
Filles d'aller & d'être moins timides :
Très-aiſément la beauté s'enhardit.

DANS le débris de tant de pucelages,
Tous enlevés avec indignité ,
Comme une roſe , échappée aux orages ,
Intaϩ encore , un ſeul étoit reſté.
Ce pucelage étoit celui d'Annette :
Annette étoit la niece d'un Curé ,
Qui , tout en Dieu , vivant très-retiré ,
La déroboit à la vue indiſcrette
De tout pécheur , de deſirs dévoré.
Notre Curé deſiroit en cachette
De ce tréſor , envié du mondain ,

Déjà, dit-on, il convoitoit les charmes.
L'Apôtre en vain se tenoit sous les armes,
Du noir esprit l'aiguillon clandestin
Le stimuloit : la grace étoit muette ;
La grace enfin laissoit parler Annette.
Digne d'un Sage, ou d'un prédestiné,
Un sein naissant, que la rose couronne,
Voilé toujours & toujours soupçonné,
Enfle & rougit le lin qui l'emprisonne ;
Elle avoit vu fleurir seize printemps :
Sans autre soin, sa main timide & pure
Dans un jardin cueilloit ses ornemens ;
Et ses seize ans lui servoient de parure.
Pour un Curé, ces simples agrémens
Naissoient, croissoient, sous l'œil de la Nature.

NOTRE Prélat régne en maître absolu,
Dispose seul de cette ame facile,
Lui fait tout faire au nom de l'Evangile,
Et se prépare à des plaisirs d'Élu.
S'il est malade, il est soigné par elle :
C'est pour lui seul qu'Annette s'embellit :
Elle le choye ; en niece bien fidelle,
Ourle son linge & bassine son lit.

C'ÉTOIT un sort assez doux pour un Prêtre :
Mais Dieu par fois veut éprouver ses Saints,
Se sert de tout, pour leur faire connoître
Et son pouvoir & ses vastes desseins.

IL étoit fête au plus prochain village,
Fête célebre ; on dansoit tout le jour.
Dans le canton c'étoit un vieil usage,
Sans doute aussi l'on se faisoit l'amour ;
Et, pour cela, les Filles d'alentour
Se rassembloient sous un antique ombrage.

E 2

ANNETTE fent battre fon jeune cœur
Dès qu'elle voit approcher la journée,
Aux jeux d'amour, aux danfes deftinée,
Et va trouver fon oncle avec frayeur.
L'oncle benin fourit & la raffure ;
Un tel début paroît de bonne augure.
Annette alors du Prélat prend la main ;
Adroitement on le flatte, on l'embraffe :
En l'embraffant, on demande la grace
D'aller danfer dans le hameau voifin.
Notre Pafteur & menace & s'emporte.
Comment ! dit-il ; & les Dévirgineurs ?
Chaffez, chaffez ces defirs tentateurs,
Annette infifte, Annette eft la plus forte,
S'en va toujours baifant le bon Curé
Qui n'en peut mais, immobile, enivré,
Il permet tout, & dans fon trouble extrême,
Il eft tout prêt d'aller danfer lui-même.

VOICI le jour : que ce jour eft ferein !
D'un feu plus doux brillent les yeux d'Annette.
Elle choifit fon jufte gris de lin :
Près d'une eau pure elle fait fa toilette ;
En les cachant, embellit fes appas ;
Elle eft parée, & ne s'en doute pas.
Inceffamment Colin va la conduire.
De ce Colin craïonnons le portrait.
C'eft du Curé le confident fecret,
En travaillant on le voit toujours rire ;
Du Presbytere il a tout fardeau ;
Fait le jardin, va, vient, revient, s'empreffe,
Sçait manier la plume & le rateau ;
Chante au lutrin, ou bien répond la Meffe ;
Fauche les bleds ou taille les bofquets ;
Et pour Annette affortit des bouquets.

ANNETTE eſt prête, & monte ſur ſon âne,
Qui lourdement bondit & ſe pavâne,
Tout orgueilleux de porter tant d'attraits.
On part enfin : notre guide ruſtique
Gaîment frédonne un air faux & gothique.
Annette auſſi, ſans prévoir ſon deſtin,
Trompe en chantant les ennuis du chemin.
Ne craignant rien, & ſongeant à la fête,
Ils côtoyoient l'épaiſſeur d'un taillis.
Voilà-t-il pas que nos trois étourdis
Viennent ſoudain troubler ce tête-à-tête.
Ah ! croyez-moi ; ceſſez votre chanſon :
Vous allez bien chanter d'un autre ton,
Lui dit Colin : vous voyez les trois freres,
Plus que les Loups, la terreur des Bergeres :
Car Dieu merci, grace à ces trois fléaux :
Je n'avons plus ni filles ni perdreaux.

MESSIEURS, Meſſieurs, alle n'eſt point pucelle,
Leur cria-t-il ; ſtila n'eſt pas pour vous :
Alle eſt ma femme, & je la ſoutians telle ;
Alle eſt ma femme, envers & contre tous ;
Demandez-lui ſi je ments, que je meure....
Foi de Colin. Tant-mieux, à la bonne heure,
Monſieur Colin ! mais puiſqu'il eſt ainſi,
Tu parois fort ; elle eſt jeune, elle eſt belle ;
Uſe à l'inſtant de tes droits de mari :
Vîte, maraud ; pucelle ou non pucelle,
C'eſt le moyen de la mettre à l'abri.

COLIN balance ; & dans cette détreſſe,
De ſon Paſteur reſpecte encor la niece.
Lors furieux, nos trois Alguaſils
Sur lui tout droit braquent leurs trois fuſils,
Voulant par-là provoquer ſa tendreſſe :
Il faut opter ; Annette, ou le trépas ;

E 3

Mais en plein air , à l'inftant, en préfence
De trois témoins ; prendre ainfi fes ébats ,
Et défricher le champ de l'innocence !
Je ne voudrois me voir en pareil cas.
J'en connois cent ; j'en connois plus de mille ,
De nos amans les plus avantageux ;
Qui trouveroient ce pas-là difficile :
Fufils braqués épouvantent les jeux.
Mais tout eft bon aux amours de village ;
Ils font hardis , robuftes, pleins de feu ,
Peu leur importe ou le temps , ou le lieu ;
Moins féduifans , ils ont plus de courage :
Notre Colin eft de ces amours-là :
Bref , dans Colin la Nature parla.
Son choix eft fait ; il vous emporte Annette
Entre fes bras ; puis fur l'herbe il la jette.
Puis ... peignez-vous le trouble , les douleurs
D'une innocente à qui l'amour prépare
Ce rude affaut , & qui voit un barbare
Tout prêt hélas ! ... je conçois ces frayeurs.
D'une voix foible , ah ! du moins , lui dit-elle ,
Mon cher Colin , mon ami ; fais femblant.
Oh ! ma fi non ; voyez , Mademoifelle ;
Ils me tueroient : le point eft important :
Réfignez-vous .... le voilà qui butine
Rofes & lys , au grand jour il produit
Deux pieds charmans , une jambe divine ,
Cuiffes , Dieu fçait ! & tout ce qui s'enfuit.
Il voudroit bien , en amant qui fçait vivre ,
Cacher Annette aux yeux des trois coquins ,
Qui l'affailloient de leurs regards malins ;
Mais le plaifir & l'égare & l'enivre.
Contre ce Dieu tous nos efforts font vains ,
Il guide feul les mains du bon Apôtre :
Une voiloit ce que découvroit l'autre.
Malgré Colin , mille tréfors fecrets

D'un homme faint douce & frêle efpérance !
Sur la verdure étalent leurs attraits.
Aux premiers cris fuccede le filence ;
Et, pour ne point partager ces forfaits,
Sans doute Annette a perdu connoiffance.

Et nos témoins, que font-ils devenus ?
Ils font partis, en éclatant de rire.
Pour nos amans, fans difcours fuperflus,
Bien le fçavez, ils font dans le délire,
Dans ces momens, que l'on ne peut décrire,
Leur bouche eft clofe, & leur œil ne voit plus.
L'âne près d'eux erre dans la prairie,
Et les contemple avec un œil d'envie.

DE leurs tranfports ils reviennent enfin.
Annette pleure, en regardant Colin.
D'aller danfer on n'a plus le courage :
Il faut, tout droit, regagner fon village.
Sans dire mot ils cheminent tous deux.
L'une gémit, tremble, baiffe les yeux :
Comment d'un Oncle affronter la préfence ?
De temps en temps, l'autre pouffe un foupir,
Se reprochant les pleurs de l'innocence,
Et tout honteux d'avoir eu du plaifir : . . .

BREF, le Curé découvre le myftere.
On prévoit bien quelle fut fa colere.
Un terme vint, qu'il fallut fe calmer.
Il s'appaifa pour l'honneur de fa Niece.
Il approuva leur naïve tendreffe :

E 4

Colin aimoit : il s'étoit fait aimer.
Le Ciel de tout fçait tirer avantage :
Cet accident fit un hymen heureux ;
Sous l'œil de l'Oncle ils tenoient leur ménage ;
Entremêloient le travail & les jeux ;
Furent conſtans ; & , grace à l'Etre ſage,
Par une voie , inconnue à nos yeux ,
De trois brigands leur bonheur fut l'ouvrage.

# COMBABUS*,
## *CONTE MORAL.*

LA Reine de Syrie avoit rêvé , dit- on ,
Qu'il lui falloit bâtir un beau Temple à Junon,
Et partir fur le champ pour la ville facrée ;
Ce que rêve une Reine eft chofe revérée.
Les Mages font mandés ; on régle le départ ;
Même Sa Majefté craint de partir trop tard.
Le Roi n'ofe oppofer la foible voix des Sages
Au rêve de fa femme , appuyé par les Mages.
Sans mot dire , il confent qu'elle quitte la Cour ;
Et la Religion l'emporte fur l'Amour.
J'en fuis édifié. Pour comble d'indulgence !
Cet époux , [ fon défaut n'étoit pas la prudence ],
Veut qu'un Syrien jeune & choifi de fa main,
Accompagne Madame , & l'amufe en chemin.
Les ROIS font quelquefois meilleurs maris que d'autres,
Et, s'ils ont leurs défauts, n'avons-nous pas les nôtres?

DEPUIS plus de fix mois, l'œil des Dames d'honneur
Commençoit à lorgner un très-joli Seigneur.

\* *Ce Sujet eft hiftorique. Il eft tiré du Dictionnaire
de Bayle , à l'Article Combabus.*

E 5

Combabus eſt ſon nom : la fraîcheur du bel âge,
Tant priſée à la Cour, brille ſur ſon viſage.
Par les veilles ſon teint n'eſt point endommagé,
Du plus beau ſourcil noir ſon œil eſt ombragé ;
Et divers attributs, que le ſexe apprécie,
Promettoient un Hercule aux Venus de Syrie.
Vaine apparence, hélas ! & trop crédule eſpoir !
Ce jeune Combabus, ( pouvoit-on le prévoir ? )
Logeoit ſous tant d'attraits une ame inacceſſible.
Qu'importe qu'on ſoit beau, quand on eſt inſenſible !
Il entroit fort avant dans la faveur du Roi ;
Lui plaire & le flatter, c'étoit là ſon emploi.
Craignant de ſe livrer à d'innocentes flammes,
Ce monſtre avoit vingt ans, & n'aimoit point les
            femmes !
L'eſſain des doux plaiſirs, toujours ſi ſéducteur,
Voloit autour de lui, ſans effleurer ſon cœur.

Son Maître cependant l'accabloit de careſſes,
Aux yeux des-Courtiſans, le combloit de largeſſes ;
Orgueilleux en ſecret d'avoir un favori
Qui ſçût, pour lui complaire, être plus ſot que lui,
Il nomme Combabus pour ſuivre ſon épouſe ;
Contre les noirs accès de ſon humeur jalouſe
Ce choix le raſſuroit. Notre auguſte mari
Crut, avec Combabus, ſon honneur à l'abri.
Voilà notre benêt que ce choix déſeſpére.
On a voulu le perdre ; à la Reine il va plaire ;
Conſéquemment déplaire à Monſieur ſon époux :
Il croit déjà le voir emflammé de courroux.
Plus de faveur pour lui ; plus d'accès près du Trône ;
La Reine va l'aimer ! c'eſt la mort qu'on lui donne :
Tels etoient à-peu-près ſes diſcours orgueilleux ;
Les Sots, preſque toujours, ſont fort préſomptueux.
Chez lui, tout contriſté, Combabus ſe retire :
Il ſonge à ſon deſtin, ſe lamente, ſoupire :

Du voyage fatal il maudit les apprêts ;
Il maudit Stratonice , avec tous ses attraits ;
Car malheureusement elle étoit jeune & belle,
Friande de l'intrigue & de la bagatelle.
Quelle horreur , s'il falloit , pour la défennuier ,
Trahir, tromper son Maître & le cocufier !
Un cocu sur le Trône est toujours redoutable ;
Et, quand il est jaloux, il est inexorable.
Que fait donc Combabus ? On ne le croira pas ;
En vain l'amour frémit , & lui retient le bras ;
Ce froid Ambitieux, dans sa lâche folie ,
Ose attaquer en lui les sources de la vie.
Il s'enleve ce bien , à tout Mortel si cher ,
Et qui , dans Abailard , déplut tant à Fulbert.
Il s'immole à l'attrait d'une chimere vaine ,
Et se réduit à rien... pour attraper la Reine.
Le tout dans une boîte & bien empaqueté :
Au Roi , son bon ami , le tout est présenté.
O grand Roi ! lui dit-il , Combabus vous en prie ,
Gardez bien ce dépôt , que ma main vous confie :
Ne l'ouvrez point sur-tout : il n'est pas temps encor
De produire au grand jour un si rare trésor.
Le Monarque enchanté , lui dit , sois sans allarmes.
Sur la boîte lui-même il appose ses armes,
Et la fait , devant lui remettre avec éclat
Au lieu , qui renfermoit les Fastes de l'État.

CEPENDANT Stratonice à s'éloigner s'apprête ;
Le jour de son départ lui semble un jour de fête.
L'or & les diamans brillent sur ses habits ;
Dans ses cheveux tressés éclatent les rubis ,
Et le front plus serein de la jeune Princesse
Étincele des feux d'une douce allégresse.
Les Eunuques , les Noirs , les Nains & les Muets ,
Monstres suivant la Cour , relevent tant d'attraits.
Déjà les Eléphans , levant leur tête altiere ,

E 6

Au son des instrumens, du pied frappent la terre,
Traînent un char pompeux, peint de mille couleurs,
Agitent fièrement leurs panaches de fleurs ;
Et la Reine, au milieu d'un Peuple ivre de zele,
En quittant son époux, paroît cent fois plus belle.

COMBABUS dans son char s'assied à ses côtés.
Quel rang, & quels honneurs ! qu'ils sont peu mérités !
D'un rapide coup d'œil la Reine le mesure,
Et même elle en conçoit un assez doux augure.
Comme elle se trompoit ! sur elle Combabus
N'ose lever ses yeux égarés & confus :
Il pâlit, il rougit : près d'un objet aimable,
Dans ce cruel état, qu'on est sot & coupable !
Par quel excès d'audace & de témérité,
Ose-t-on, sans desirs, approcher la beauté !
Et n'ayant plus de droits, ne vivant plus qu'à peine,
Respirer froidement le feu de son haleine !
Plus Combabus se trouble, & plus il a d'appas ;
Ce trouble est excusé comme un tendre embarras ;
Il est d'un feu naissant la preuve la plus sûre,
Et c'est la Majesté qui combat la nature.
La Reine ainsi l'explique ; & la Reine soudain
Laisse errer sur sa bouche un sourire enfantin.
Combabus lui répond par un autre sourire,
Que l'on croit expressif, & qui ne veut rien dire.
Ils voyagent ainsi, déconcertés, distraits,
En souriant toujours & ne parlant jamais.
Stratonice se livre au charme qui l'entraîne ;
Stratonice étoit femme, avant que d'être Reine,
Préféroit le plaisir à l'éclat de sa Cour,
Et ne prétendoit point effaroucher l'Amour.
Elle met dans ses yeux ce qu'il faut pour instruire
L'Amant qui n'ose encore avouer son martyre.
Tantôt, c'est une douce & paisible langueur ;
Tantôt, c'est le desir & sa naïve ardeur.

Un voile tranfparent fe dérange , s'entrouvre ,
Et de Sa Majefté le beau fein fe découvre.
Combabus n'entend rien : tout fert à l'effrayer ,
Et la Reine à la fin commence à s'ennuyer.

ILS paffent près d'un bois dont le feuillage fombre
Contre les feux du jour fembloit offrir fon ombre.
Stratonice y defcend , le defir la conduit ,
Son cortege demeure , & Combabus la fuit.
Toujours au fond du bois va fe cacher la Reine ;
Vers le chemin toujours Combabus la ramene.
Ils s'égarent enfin : quels parfums ! quel zéphir ?
Dit Stratonice : ici tout paroît s'embellir ;
On y peut refpirer fans témoin , fans contrainte ,
Et le timide Amour n'y connoît plus la crainte :
Je préfére ces bois à ces Palais brillans ,
Où jamais on n'échappe à l'œil des Courtifans.
Je veux m'y repofer fous ce dais de verdure ,
Venez à mes côtés contempler la nature.
Approchez , Combabus. La Reine en même temps
Laiffe tomber fur lui ces regards éloquens ;
Ces regards décififs , que l'Amour interprete ,
Organes du defir , fignal de la défaite.
Combabus , la fixant avec tranquillité ,
Sur ce front amoureux glace la volupté.

STRATONICE fe leve : une rougeur charmante
Anime encor fon teint , & la rend plus touchante.
Une grotte plus loin fe préfente à fes yeux ,
Une eau vive entretient la fraîcheur de ces lieux.
Cent arbriffeaux unis y forment une voûte ,
Que la main de l'Amour y conftruifit fans doute.
Quel froid vient me faifir , dit la Reine en entrant ;
Elle tombe à ces mots fur un gazon naiffant ,
Et tombe , fans fonger à voiler mille charmes ;
Son œil fembloit mouillé de quelques feintes larmes.

Ses levres confervoient leur plus bel incarnat ;
Son teint dans ce moment avoit tout fon éclat ;
Mais enfin Stratonice étoit évanouie :
Car c'étoit, comme en France, un ufage en Syrie,
Un art très-innocent, qu'elle fçut employer,
Pour enhardir un peu fon benêt d'Ecuyer.
Sans trouble, fans frayeur, il avance près d'elle.
Stratonice foupire, & Combabus appelle.
Eunuques, Médecins & Valets d'accourir :
Tout l'équipage enfin vient pour la fécourir.
Elle entr'ouvre les yeux : quel dépit ! quelle rage !
Vive une Majefté pour fentir un outrage !
Elle feint cependant d'avoir perdu la voix,
Et fur un Palanquin quitte ce maudit bois.
Combabus lui paroît un homme infupportable :
Et criminel fur-tout de n'être point coupable.
Il la fuit en tremblant, & Stratonice enfin
Remonte dans fon Char, & pourfuit fon chemin.
Mais bientôt Combabus, par je ne fai quel charme.
Fléchit Sa Majefté, la touche & la défarme.
Un fourire niais, dont on lui fait bon gré,
Montre de belles dents, & tout eft réparé.

ON approche, on arrive, & de la ville fainte
Avec tranfport déjà l'on apperçoit l'enceinte.
Là, nouvelles ardeurs. Il n'eft plus queftion
De dreffer des autels à la chafte Junon.
Combabus eft le Dieu que fans ceffe on contemple ;
Et c'eft à ce Dieu feul qu'on veut bâtir un Temple.
Quel Dieu ! La Reine, hélas ! qu'irritent les refus,
Brûle, languit, fe meurt & ne fe connoît plus.
Une nuit, ne pouvant fupporter fon abfence,
Au lit de Combabus, elle vole & s'élance,
Il frémit ; il oppofe une jaloufe main
A cent baifers de feu qui dévorent fon fein.
Preffé, follicité ; pardonnez-moi Madame,

Lui dit-il , si je ne puis contenter votre flamme ;
Tenez, voyez plutôt... Quel spectacle, grands Dieux!
Pour un cœur né sensible & vraiment amoureux !

LA Reine embarrassée , & ne sachant que faire ,
Lui dit , en avez-vous moins de droits à me plaire !
Jugez-moi , Combabus, & connoissez-moi mieux ;
C'est votre cœur sur-tout... c'est lui seul que je veux.
Il est vrai qu'écoutant une flamme si belle ,
J'ai senti du desir quelque foible étincelle ;
Je l'avoue à ma honte... Et je m'en repens bien...
Mais enfin... Je vous aime... Il ne vous manque rien.

ELLE sort aussi-tôt , déguisant sa colere.
Mais un pareil affront ne se pardonne guére.
La Reine à Combabus n'adressoit plus le mot ,
Et dès le lendemain ce n'étoit plus qu'un sot ;
Un homme à faire peur , que nul ne devoit plaindre ,
Un horrible fléau, dont il falloit tout craindre ,
Un phantôme échappé du séjour des esprits,
Une espece de mort chez les vivans admis.

DÉS que de Stratonice on soupçonna la haine ,
On écrivit en Cour qu'il adoroit la Reine ;
Que jamais on n'avoit brûlé de tant de feux ,
Et que cet amour-là pouvoit déplaire aux Dieux.
Le bon-homme de Roi s'indigne & les rappelle.
Est-il possible , ô Ciel ! ma femme est infidelle !
La Reine de Syrie ! Ah ! s'ils m'ont outragé ,
L'Univers le saura.... mon front sera vengé.

COMBABUS de retour est admis près du Trône.
Défends-toi, si tu peux , ami , l'on te soupçonne ,
Lui dit le Roi, répons : plus de cent délateurs
Élévent à la fois leurs confuses clameurs.
Oui, Sire , crioient-ils , la chose est bien certaine ,

Nos yeux l'ont vu jouir des faveurs de la Reine.
Nous le difons tout haut, pour que vous le fachiez,
Baifant très-humblement la poudre de vos pieds,
Vous êtes cocu, Sire, & voici le coupable,
C'eft un traître, un impie, un homme abominable,
Taifez-vous, dit le Roi, qu'on ne m'en parle plus,
Qu'on mene à l'échafaud mon ami Combabus.
L'imbécile eft furpris de cet ordre févère :
Un feul moment, dit-il, ô Roi, tout débonnaire,
Qu'on apporte à vos yeux ce précieux coffret,
Scellé de votre main, & de votre cachet.
C'eft lui qui va détruire un foupçon qui m'offenfe ;
C'eft-là que dans fon jour brille mon innocence.

ON va chercher la boîte, on l'apporte, & foudain
Le Roi prétend l'ouvrir de fon augufte main.
Il y voit le témoin le plus irrécufable.
Il eft vrai, Combabus, non, tu n'es point coupable,
Lui dit-il, cependant tu n'es plus de mon goût,
Je veux un Favori préfentable par-tout.
Va, fors de mes Etats, & jamais n'en approche :
Emporte, fi tu veux, ton coffret dans ta poche.
Ainfi mocqué, hué, malheureux & banni,
Par fon ambition Combabus fut puni.

LA Reine eut un Amant plein d'efprit & d'adreffe,
Qui fçut & conferver & chérir fa Maîtreffe,
Encenfoit à la fois la Fortune & l'Amour,
Amant tendre la nuit, & Courtifan le jour :
Qui fe fit refpecter par une noble audace,
Amufoit le Monarque, & régnoit à fa place,
Qui fe vit, jeune encor, près du Trône affermi,
Qui fit Cocu fon Maître & qui fut fon ami.

※

# FLORICOURT,
## HISTOIRE FRANÇOISE.

LE Chevalier de *Floricourt* étoit un de des hommes oisifs & bruyans qui surchargent & embelliſſent la Société ; jeune , riche , d'une figure charmante , il ſe croyoit diſpenſé d'avoir des vertus. L'inconſéquence, la légéreté, l'oubli des autres & de lui-même , formoient ſon caractere : il étoit fat , indiſcret , fourbe, vicieux même par air plus que par tempérament. Les femmes le voyoient avec plaiſir ; il les amuſoit ; il n'en vouloit qu'à celles qui lui reſſembloient. A peine en avoit·il triomphé qu'il leur rendoit la liberté , & leur demandoit très-inſtament la ſienne. Il n'étoit amant que dans l'eſpoir d'être infidele. Trompeur , trompé , heureux ſans ſavoir pourquoi, il promenoit de cercle en cercle ſes travers , ſes perfidies , ſon faſte , ſa brillante inutilité. C'étoit un homme d'un très-bon ton.

UN jour que, dans un tourbillon de jeunes fous, il faisoit parade de ses bonnes fortunes, il faut avouer, lui dit le Marquis de * * *, que tu es bien heureusement né. Fêté par nos *Laïs* élégantes, presque ruiné par elles, tu jouis, mon cher, de la réputation la plus distinguée ; il ne manque plus à ta gloire que d'avoir subjugué une honnête femme, reconnue pour telle.... là... une femme à sentimens. Parbleu, reprit *Floricourt*, voilà qui est bien difficile ! Apprends, Marquis, que les honnêtes femmes sont plus aisées à vaincre que les autres, parce qu'elles sont de meilleure foi, & qu'avec beaucoup de décence..... Si tu veux, j'en entreprendrai une. A la bonne heure, ajoûte le Marquis. Tu en auras le plaisir, continue *Floricourt*, tu en auras le plaisir ; &, pour te prouver combien je suis sûr de mon fait, je veux te nommer d'avance l'objet que je compte sacrifier à la témérité de ton défi ; c'est Madame *de Terville*. Tu sçais qu'elle est très-bien, & que nos merveilleux qui rodoient à l'entour, y ont échoué. La difficulté me pique.

LA Marquise *de Terville* étoit une veuve, jeune, bien faite & jolie ; elle n'avoit jamais cédé à la séduction, du vivant même d'un mari qui la rendoit malheureuse, & que, malgré ses mauvais procédés, elle

regrettoit encore. La douceur , la franchife,
la générofité, cette facilité funefte de fup-
pofer dans les autres les vertus que l'on
a foi-même, telles étoient les qualités de
fon cœur & de fon efprit. On applaudit au
choix judicieux de *Floricourt*, & l'Aréopage de nos fats convint unanimément que
M. *de Terville* méritoit, à tous égards,
l'honneur qu'on vouloit lui faire.

Le Chevalier ne perd point de temps,
il part, vole, arrive chez la Marquife, qu'il
connoiffoit, & qu'il n'avoit point vue depuis un fiecle. Elle étoit feule & chagri-
ne. Quoi, c'eft vous, lui dit-elle, & d'où
venez-vous ? C'eft un prodige de vous voir,
mais vous avez mal pris votre temps : vous
me trouverez infupportable ; car je fuis trifte. La trifteffe, reprit vivement *Floricourt*,
ajoute à la beauté. Point de complimens,
répond M. *de Terville* ; je ne les aime pas,
vous augmenteriez mon humeur ; ce n'eft
fûrement pas votre deffein. Il remarque en
effet dans les yeux de la Marquife les traces
d'une douce mélancolie ; mais il feint de
ne pas s'en appercevoir. Il parle d'autre chofe , fans cet air éventé & préfomptueux
qui l'accompagnoit ordinairement. Il con-
traint fes geftes, fes regards, fa façon de
s'exprimer ; il affecte même d'être timide
& modefte ; enfin, il employe tout ce qu'il

faut pour préparer un cœur à l'impreſſion qu'on veut lui donner ; le piege eſt d'autant plus inévitable qu'il eſt imperceptible. En vérité, lui dit la Marquiſe, vous m'étonnez ; je ne vous reconnois plus. Je vous aſſure que vous êtes devenu très-raiſonnable, mais très-raiſonnable. Qui vous a donc ſi bien corrigé ? Moi-même, Madame, mes réflexions, l'envie de plaire à des femmes qui le méritent. Juſqu'ici j'ai connu l'ivreſſe & non le plaiſir ; il ſe trouve dans la bonne compagnie. Pour m'en faciliter l'accès, j'ai changé de ton, de langage, de cœur. Je vous en fais mon compliment, pourſuit la Marquiſe ; vous en ſerez beaucoup plus dangereux, mais bien plus eſtimable. Continuez, Monſieur ; avec de telles diſpoſitions, vous ne pourrez manquer de plaire & d'être heureux. La Marquiſe s'abandonne à un entretien qui la flatte. Le Chevalier le prolonge adroitement, & y répand cette douce chaleur ; cet intérêt gradué qui enhardit l'amour-propre des femmes, ſans allarmer leur délicateſſe. L'une donne des leçons aimables avec le ſourire des graces ; l'autre les écoute avec une douceur concertée qui en impoſe. Son ame vient, pour ainſi dire, ſe placer ſur ſon front, & y jouer tous les rôles dont le traître a beſoin pour aſſurer ſon triomphe. Il étoit tard ; le Chevalier, content de ſes

progrès, ſe leve, baiſe très-reſpectueuſe-
ment la main de la Marquiſe, lui demande la permiſſion de revenir, l'obtient &
la quitte en lui jettant un regard qui, dans
ſon plan devoit l'occuper pendant ſon abſen-
ce. En vérité, ſe dit-elle à elle-même,
il eſt étonnant combien le Chevalier s'eſt
formé ! Mais quelle fantaiſie lui a donc pris
de me venir voir, après m'avoir oubliée ſi
long-temps ! après tout, que m'importe
ſon motif ? Elle prend un livre, le quitte,
ſe promene ; elle croit avoir perdu de vue
*Floricourt* ; elle eſt toute étonnée de ſe
ſurprendre penſant à lui.

FLORICOURT, à la ſeconde viſite, eſt
encore plus aimable, plus ſéduiſant. La
Marquiſe commence à craindre ſes aſſidui-
tés ; elle ne veut pourtant pas les lui inter-
dire ; mais elle s'étudie à ne donner aucune priſe ſur elle. Il réſolut d'être plu-
ſieurs jours ſans la voir. Ce ſtratagême réuſſit.
La Marquiſe eſt inquiéte, rêveuſe, elle
craint que le Chevalier ne revienne plus ;
& tremble qu'il ne revienne. Une ſemaine
ſe paſſe. Un parent de ſon mari, un jeune
Officier, nouvellement arrivé de la Province, ſe préſente chez elle. *Floricourt* entre
preſque en même temps. L'habile fourbe
prend un air diſtrait, embarraſſé ; il joue
la jalouſie ; la Marquiſe s'en apperçoit ; elle

laisse échapper un coup d'œil qui, en apparence, déconcerte le timide *Floricourt*. La conversation expire à chaque instant dans un froid silence, & ne se réveille que par quelques tristes monosyllabes. Le jeune Officier tient bon ; il étoit désœuvré, peu instruit des usages ; il ne sçavoit pas qu'un homme est perdu dans l'esprit d'une femme, lorsqu'il dérange un tête-à-tête sur lequel elle avoit compté. *Floricourt* profite adroitement de cette circonstance pour jetter du trouble dans le cœur de M. *de Terville* ; il sort priant qu'on ne prenne pas garde à lui ; il se doutoit bien qu'on feroit attention à une éclipse aussi brusque. La Marquise seule avec son ennuyeux & cruel petit parent, prend le parti de bâiller & de se taire. A la fin il apperçoit qu'il incommode, qu'il excéde ; qu'il assomme ; il prend gauchement congé de la Marquise, qui, après une révérence glaciale, retombe anéantie dans son fauteuil.

RESPIRONS, dit-elle ; je n'en puis plus : je me meurs. Quel homme ! Qu'il est haïssable ! Que dira *Floricourt* ? J'ai lu son chagrin, son embarras dans ses yeux, j'ai cru même y remarquer une nuance de jalousie. Pourroit-il, sans m'offenser, être jaloux d'une pareille espece ? Que dis-je ? Est-ce que je desire qu'il le soit ? L'aimerois-je ?...

Moi, m'attacher au Chevalier ! Je l'ai connu si léger, si volage ! Qu'importe ce qu'il
a été ? Ne songeons qu'à ce qu'il est. Ah !
malheureuse, tu l'aimes, puisque tu le jus-
tifies ! M. *de Terville* passe la nuit entiere
& toute la journée du lendemain dans ces
cruelles réflexions. Le soir, plus agitée que
jamais, songeant au malheur qui la menace,
elle se jette sur un lit de repos & ne peut
retenir ses pleurs. Son désordre, ses cheveux
épars, ses larmes même ; tout en ce moment
sembloit se réunir pour la rendre encore
plus belle.

ELLE étoit dans cette situation lorsqu'on
annonce *Floricourt*. A ce nom, elle sent
errer dans ses veines un doux frémissement ;
elle veut en vain cacher son désordre. Qu'a-
vez-vous, lui dit le traître avec attendrisse-
ment ? Quel peut être le sujet de vos chagrins ? La Marquise détourne l'entretien sur
la derniere visite du Chevalier, sur le jeune homme qu'il trouva chez elle. *Floricourt*
saisit cette occasion pour préparer l'aveu qu'il
médite. Il lui laisse entrevoir qu'il avoit
desiré de la trouver seule ; qu'il étoit sorti
désespéré de ce contre-temps ; qu'elle avoit
dû s'appercevoir de son trouble, de son
embarras, de...... Mais ce coup d'œil,
dit-il, me défend de poursuivre. Ce coup
d'œil ne vous défend de rien, lui répond

la Marquife en fouriant. Quoi ! Madame,
reprend *Floricourt* avec tranfport , vous me
permettriez ! .... Je pourrois .... Ah ! Marquife , il n'eft plus temps de me taire;
mon trouble m'aura fans doute trahi. Apprenez qu'à la vue de cet homme j'ai fenti
dans mon cœur des mouvemens dont je
n'étoit pas le maître. Vous m'entendez...
cet aveu ne doit point vous furprendre ;
vos charmes , ma fincérité juftifient tout.
Ce n'eft jamais l'amour qui doit offenfer
les femmes ; c'eft la légéreté , la perfidie ;
& je fens que je vous aimerai toujours.
Jugez de ma paffion par ma témérité ;
mes fentimens s'échappent de mon cœur;
mais ils font tendres , foumis , refpectueux,
dignes de vous. Pendant cette déclaration ,
la Marquife regardoit *Floricourt* avec un
œil fixe & tendre ; elle ne lui répond
pas ; mais fon filence parle pour elle. Ah !
Madame , vous fçavez mes fecrets ; ne puis-
je être inftruit des vôtres ? Que craignez-
vous de moi ? Que craignez - vous d'un
homme qui vous adore ? Votre timidité
me flatte & m'offenfe en même - temps.
Ah ! parlez ; rendez-moi le plus heureux des
Mortels. Je tombe à vos pieds ; je meurs
de mon amour ou de votre filence. Si nos
fecrets fe reffembloient , lui dit la Marquife en rougiffant... S'ils fe reffembloient ,
Madame !... Qu'ai-je entendu ? Puis-je me
livrer

livrer à un espoir qui m'enchante ? Eclaircissez mon fort... Que je crains !.... Que je desire ! Que... je vous aime !... Vous vous taisez ! ... Ah ! je le vois .... Je me suis abusé ; nous n'avez fait briller à mes yeux un rayon d'espérance que pour me plonger dans le désespoir. Nos sentimens n'ont rien de commun. Non, cruelle, vous me haïssez, vous me détestez ... Arrêtez, Chevalier, interrompt la Marquise avec précipitation ; est-ce ainsi que vous devriez interpréter ce que vous venez d'entendre ? Eh bien, connoissez-moi, puisqu'il le faut ; puisque mes yeux ne parlent point assez, puisqu'au moins leur langage vous est suspect, lisez dans mon cœur, dans ce cœur où vous régnez.... Non, Chevalier, je ne veux pas employer avec vous ces détours usés & puériles qui font moins les combats de l'honneur que les manéges de la faussetté. Je vous aime ; je crois que vous le méritez ; je vous le dis ; il seroit inutile de le taire plus long-temps. Je suis foible ; au moins ai-je la fermeté de le paroître. J'imagine après cela que vous ferez de bonne foi, que vous ne chercherez pas à me tromper. Moi, vous tromper, Madame, moi ! quel soupçon injurieux ! Jugez-vous ; vous verrez qu'il est impossible qu'on vous soit infidéle. Ah, Ciel ! trahir l'esprit, la beauté, les graces ! L'Amour que vous m'avez inspiré ne ressemble point

*Partie II.*                 F

aux autres Amours. J'ai cru trouver en vous
l'Amante fenfible & l'amie raifonnable. Ah !
que vous me flattez en me parlant ainfi ,
lui dit la Marquife ! Voilà juftement l'amour
que je voulois ; il n'eft pas l'enfant du caprice ; il fe fuffit à lui - même ; il vit de lui-
même ; il ne voit hors de lui que de faux
plaifirs ; des fentimens contrefaits , le mafque du bonheur. M. de *Terville* n'eft plus
en état de former aucun doute fur la vérité des fentimens de *Floricourt*. Mais fi
elle a eu la foibleffe d'avouer fon penchant ,
elle a encore affez de courage pour n'y pas
fuccomber. Tous les efforts du Chevalier font
inutiles. Il renferme fon dépit , & fait paffer fa foumiffion pour le triomphe de l'a-
mour. La Marquife donne à fouper ce foir-
là ; elle n'ofe le retenir ; il faut fe féparer.
Il affecte les regrets les plus touchans ; à
chaque inftant il eft fur le point de la
quitter , & il demeure toujours. Il fort enfin avec toutes les marques du défefpoir ,
& rit en fecret de la crédulité de M. de *Terville*. Dès qu'elle eft feule , elle réfléchit fur
ce qui s'eft paffé. L'aveu de *Floricourt* , le
fien , tout cela lui paroît un fonge : cependant elle ne peut fe refufer à une fatisfac-
tion fecrette. Elle croit *Floricourt* fincere ,
le changement de fa conduite juftifie fa
confiance ; il avoit pouffé l'artifice jufqu'à
renoncer à la fociété des jeunes gens de fon

âge ; on ne le voyoit plus que dans des maisons honnêtes , & de tout côté on en difoit du bien à la Marquife , fans qu'on foupçonnât l'intérêt qu'elle pouvoit y prendre.

SON monde arrive ; elle n'eft à rien. On lui parle ; elle ne répond pas. Elle a , pendant tout le fouper, des diftractions dont elle ne peut fe défendre. Les plaifanteries qu'on lui fait la déconcertent. Vient le moment où l'on fe retire. Elle penfe toute la nuit à *Floricourt* ; à fon lever, elle reçoit de lui la lettre la plus vive , la plus paffionnée , qui lui annonçoit la vifite du foir. La Marquife l'attend avec impatience ; mais cette impatience eft mêlée d'allarmes. Elle n'ofe plus répondre d'elle-même. Elle fe raffure par l'idée que *Floricourt* ne refufera pas de s'unir à fon Amante par un nœud folemnel. Il paroît. Elle lui propofe fa main. Si vous m'aimez véritablement , dit-elle , ma vertu, mon honneur , ma réputation , votre félicité même doit vous être chere. Rendons - nous refpectables à nos propres yeux, prévenons les remords & les difcours d'un monde frivole & méchant qui empoifonneroient les charmes de notre union. Venez aux pieds des autels recevoir le ferment que j'y prononcerai avec tranfport de vous aimer toute ma vie. *Floricourt* paroît enchanté de la propofition ; il fe con-

F 2

tente de repréfenter à la Marquife avec une douleur fimulée que la fituation de fes affaires ne lui permet pas dans ce moment de contracter le plus beau des liens ; mais il lui promet, il lui jure fur tout ce qu'il y a de plus facré, de n'être de fes jours à d'autre qu'à elle, & de difpofer tout pour hâter cet heureux engagement. Il n'a jamais été fi adroit, fi preffant, fi perfuafif ; jamais la Marquife n'a été fi foible. Ses regards deviennent plus tendres. Déjà elle laiffe errer fur fes levres enflammées ce fourire enchanteur qui peint fi bien l'ivreffe de la paffion. Le jour baiffe ; cette obfcurité, en épargnant à la Marquife l'embarras de rougir, favorife fa défaite. Tous fes gens font dehors. *Floricourt* devient entreprenant. A peine s'apperçoit-on de fes progrès. Notre féducteur met dans fon triomphe toutes les nuances, tous les ménagemens, toutes les gradations d'un amour qui craint d'être téméraire ; la Marquife ne voit plus le danger qui la menace. La raifon qui lui eft fi naturelle, la vertu fi chere à fon cœur, ceffent pour un moment de l'éclairer : moment funefte que l'amour ne laiffe pas échapper. Revenue à elle-même, elle demeure interdite & tremblante ; de triftes preffentimens viennent la faifir, *Floricourt* la raffure avec cette éloquence qui femble partir du cœur. Mais il manque au

perfide un gage qui puiffe attefter fa victoire. Il demande à M. *de Terville* fon portrait ; elle lui accorde. Il baife mille fois
la main qui lui fait ce préfent, lui promet
tout, bien décidé à ne lui rien tenir, &
la quitte avec les affurances réïtérées d'un
attachement qui ne doit finir qu'avec fa vie,
& qui étoit encore à naître.

Enchanté de cette aventure, il n'y voit
point le malheur d'une femme aimable qu'il
a trompée ; il n'y voit que le triomphe de
fa vanité qu'il a fatisfaite. Il eft vrai que
le défaut de réflexion rendoit *Floricourt* un
peu moins coupable. Il ne croyoit point
aux femmes fenfibles, ni aux procédés qu'elles exigent. Il s'imaginoit que tout chez
elles, comme avec lui, étoit l'affaire du
moment ; qu'on ne leur devoit plus rien,
quand elles avoient fuccombé. Il puifoit ces
grands principes, ce fyftême profond d'im-
pertinence dans la fociété de ces mêmes fous
qui avoient applaudi à fon projet. Il court
les chercher pour leur faire part de fa conquête ; il les trouve prefque tous au fpectacle, & leur montre le portrait de la Marquife. Ils applaudiffent à fa victoire, & bat-
tent des mains dans les foyers. *Floricourt*
voudroit annoncer fon prétendu bonheur
au Parterre, aux Loges, à tout le Public
affemblé. Quelques jours après, il apperçoit

F 3

au Concert le Baron de ***, un de ceux qui avoient assisté au défi. *Floricourt* aimoit beaucoup ce Baron, qui lui prêtoit de l'argent. C'étoit un personnage insipide, pesamment fou, libertin avec gravité, & qui calculoit ses plaisirs par sa dépense. Il regardoit le Chevalier comme un homme du plus grand mérite ; il étoit de toutes ses parties, parce qu'il payoit, & ne se rendoit supportable que par une complaisance stupide. *Floricourt* l'aborde, lui fait part de sa bonne fortune, & pour l'en convaincre, lui montre le portrait en question. Le Baron atterré par un témoignage aussi authentique, admire & se tait. Ce n'est pas tout, lui dit le Chevalier ; il faut ébruiter cette aventure, la répandre, l'exagérer même. C'est un coup de partie ; elle doit faire un effet merveilleux. Les Courtisannes commencent notre réputation ; ce sont les honnêtes femmes qui l'achevent. Sais-tu qu'elles sont horriblement tenaces ? Comment donc ? C'est une tyrannie. Ne voila-t-il pas trois semaines que je soupire comme un Berger du Lignon ? Mais dis-moi, quel est ce petit minois chiffonné que j'apperçois dans cette Loge, & qui.... Elle lorgne impitoyablement depuis un quart-d'heure. Quoi ! tu ne connois pas cela, lui dit le Baron ! Non, répond le Chevalier : c'est sans doute un astre qui paroît nouvellement sur l'horison.

Il eſt vrai, continue le Baron, qu'elle ne fait que de paroître ; mais elle eſt déjà très-célebre. Je vais quelquefois chez elle. Elle ſe nomme *Roſis*. Ah ! j'y ſuis, reprend le Chevalier. N'eſt-ce pas elle qui a ruiné l'éternel *Damis* & le minaudier *Farville* ? Elle les a menés, dit-on, avec une adreſſe, une légéreté, un ſublime de coquetterie ! c'eſt un joli Sujet que cela. Avec des ſoins, de bons conſeils elle ira loin. J'entrevois qu'elle peut inſpirer des deſirs ; je veux lui donner quelques momens. Fais une choſe ; tu la connois ; va lui demander à ſouper pour ce ſoir. Dis-lui que tu lui meneras un de tes amis qui l'adore ; que c'eſt une paſſion d'un rapport excellent, un jeune Sot fort riche que tu veux lui donner à déniaiſer. Tu ſeras témoin de la ſcene la plus piquante. Tu y conſens ; cela eſt dit. Adieu : je vais chez la Ducheſſe.... Je ſerai chez *Roſis* ſur les dix heures.

Le Baron s'acquitte de la commiſſion du Chevalier. *Roſis* fait d'abord quelques difficultés, prétend à des arrangemens plus ſolides, & finit par ſe rendre, lorſqu'on lui eût aſſuré que ce n'étoit point *Floricourt* qu'on vouloit préſenter. Elle le déteſtoit ; ces ſortes de créatures ont le coup d'œil juſte. La fatuité ne leur en impoſe pas, & ſouvent elles ſavent bien mieux l'apprécier que les au-

F 4

tres femmes. Celle-ci fur-tout, quoique très-
jeune, avoit un taƈt merveilleux. Elle avoit
été formée & l'étoit encore fous les yeux
d'une vieille tante prétendue, qu'une longue
& continuelle expérience des hommes rendoit l'oracle de la galanterie. *Rofis* profitoit
bien de fes leçons. Le fecret mobile de fa
conduite étoit ce grand principe, que, pour
plaire aux hommes, il faut les tromper.
Elle les fervoit à fouhait. Elle les attiroit
avec douceur, & les maîtrifoit avec orgueil.
Enfin, perfonne n'entendoit mieux que *Rofis*
le grand art de conferver fes amans, & de
tirer parti de leur crédulité.

APRÉS le Speƈtacle, le Baron lui donne la
main, & la conduit chez elle. Dix heures
fonnent : *Floricourt* n'arrive point. On s'im-
patiente : on l'entend enfin du fond de la
cour. Il fredonne un air, donne très-haut
des ordres à fon Cocher, fait un tapage
affreux dans l'antichambre, & entre en riant
comme un fou. *Rofis* eft d'abord déconcertée
en l'appercevant ; mais elle avoit trop d'efprit pour ne pas prendre fon parti. Dès ce
moment elle entreprend fa conquête, &
jure, en fecret, de venger tant de femmes qu'il a fi cruellement trahies. Le Baron
s'excufe avec de pefantes minauderies. Vous
vous moquez, lui dit-elle, d'un ton plein
d'aifance ; vous m'avez ménagé une furprife

très-agréable. Quoi ! tout de bon, lui dit *Floricourt*, ma présence vous dédommage ! ... Vous ne regrettez point celui qu'on vous avoit annoncé ? Cela est fort heureux ; j'en suis prodigieusement flatté. Eh ! bon Dieu ? quels grands mots, répond *Rosis*, avec un rire moqueur ! Permettez-moi de vous dire, par exemple, que pour un homme à la mode, un élégant moderne, vous ne devriez jamais employer ces ressources puériles de l'antique fatuité. Soyez inconsidéré, extravagant dans vos propos, à la bonne heure ; qu'à force d'être spirituels, ils soient quelquefois inintelligibles ; passe encore. Joignez-y, vous le pouvez, les graces flexibles d'un grasseyement harmonieux ; flattez, séduisez l'oreille ; mais ne l'épouvantez pas. Comment Diable ! est-ce sur ce ton que vous débutez, reprend le Chevalier ? Si cela continue, je vous avertis que vous m'embarrasserez beaucoup. Vous embarrassé, poursuit-elle ! C'est moi qui ne sçais comment vous tenir tête & répondre à vos brillantes reparties. Vous m'avez l'air très-redoutable ; & je vous jure que, si je n'étois secondée par le Baron, je me serois déjà rendue. Le Baron qui ne disoit mot, & se disposoit à écouter respectueusement les balivernes du Chevalier, balbutia pour chercher sa réplique. *Floricourt* enchanté de cette espiéglerie laisse tomber sur *Rosis* quelques regards de pro-

tection. Ils se font encore quelques agaceries.
On escarmouche ; on papillonne : le Chevalier est toujours fat , *Rosis* toujours spi-
rituelle , le Baron toujours sot. On vient
annoncer à Madame qu'elle est servie. On
donne par honneur le haut bout de la table à la Duegne silencieuse : sa charmante
éleve se met à côté du Chevalier qui ne
songe qu'à se livrer au plaisir. *Floricourt* &
le Baron sont des Dieux à qui la jeune *Hébé*,
sous les traits de *Rosis*, verse l'immortel
nectar. Notre adroite Déesse se donne pourtant bien de garde de perdre la tête. Une
douce ivresse brille dans ses yeux ; son cœur
est calme & tranquille. Le secret dessein
de subjuguer le Chevalier l'occupe sans
cesse ; pour égarer sa raison, il falloit qu'elle
conservât la sienne. Coups d'œil irritants,
ingénieuses saillies , tout fut mis en usage.
Déjà notre fat savoure à longs traits le
philtre amoureux. Un feu naissant circule
dans ses veines : ses transports mêmes deviennent moins respectueux. *Rosis* l'arrête ,
& lui en impose d'un regard ; mais cette
rigueur n'est qu'une ruse de l'amour. Tout
chez elle , jusqu'à la décence , ressemble
à la volupté. On quitte la table. La Duegne disparoît. On passe dans une chambre à coucher , où toutes les délicatesses
de l'art sont epuisées. A chaque pas dans
cet élégant réduit , on éprouve un nouveau

transport. En voyant le lieu du triomphe, le Chevalier se sent plus d'ardeur pour la conquête ; mais *Rosis* ne lui offre cette riante perspective que pour lui préparer des regrets. Peu accoutumé à maîtriser ses desirs, il brûle de s'y livrer. En conséquence, il fait signe au Baron de se retirer. Le respectueux Baron obéit. *Rosis* qui s'apperçoit du complot, sonne sur le champ, demande une table de jeu, & propose un brelan. On ose la refuser. Le Baron revient ; on joue. *Floricourt* piqué n'est point du tout à son jeu, il lui échappe un soupir, & à *Rosis* un grand éclat de rire. Il continue de soupirer & de perdre. Elle rit & gagne toujours. Après cent louis de perte, il demande grace. La nuit étoit fort avancée ; *Rosis*, qui voit que le premier coup est porté, les congédie sous prétexte d'avoir besoin de repos ; elle s'excuse auprès du Chevalier de l'avoir si maltraité, & le prie de venir s'en venger. Elle accompagne cette invitation d'un regard tendre ; il falloit bien lui jetter quelque amorce. Il soupire toujours, & sort aussi amoureux & aussi fou qu'on puisse l'être. Il ne dit pas un mot au Baron, qui le quitte fort scandalisé du peu d'égards qu'on a eus pour son illustre *Mentor.*

DEPUIS le moment fatal que Madame de *Terville* avoit cédé aux perfides instances de

*Floricourt,* elle n'avoit point entendu parler de lui ; tout s'offre à elle fous les traits
du défefpoir. Accablée de fes peines pré-
fentes, elle en voit mille autres dans l'a-
venir ; elle contemple avec horreur l'abîme
d'une paffion malheureufe, & s'y précipite avec tranfport. Moi ceffer de l'aimer,
dit-elle quelquefois, les yeux noyés de larmes ! Tout ingrat, tout parjure, tout barbare qu'il eft, il a des droits fur mon cœur ;
il m'a liée par ma propre foibleffe ; ce n'eft
que par l'excès de l'amour que nous pouvons réparer les fautes qu'il nous fait faire ;
il eft jeune, il a les ridicules, peut-être,
hélas ! les vices de fon âge. Si je pouvois l'en
corriger ! Au moins je me vengerai de lui,
de moi-même, en n'oppofant à fes torts que
de la tendreffe & de la vérité. C'eft ainfi
que la Marquife cherchoit à donner de belles couleurs à un attachement qui l'humi-
lioit. Les femmes n'ont jamais tant d'hé-
roïfme que lorfqu'elles ont beaucoup d'a-
mour. La Marquife fe détermine à écrire
au Chevalier, & à lui demander raifon de fon
horrible conduite. Le papier fur lequel elle
écrit eft trempé de fes pleurs ; il femble
que fa plume tremblante fe refufe à tracer
les expreffions de fon malheureux amour.
Quelquefois, appuyant fa tête fur fes deux
mains, elle tombe dans cette mélancolie
profonde qui n'eft, pour ainfi dire, que

le recueillement de la douleur : momens affreux où il femble que l'ame raffemble toutes fes forces pour fouffrir, & où le fardeau de notre infortune pefe tout entier fur notre cœur.

Le Chevalier, de retour chez lui, réfléchit fur fa mauvaife deftinée. On lui remet la lettre de la Marquife ; il la parcourt, & l'interrompt cent fois pour prononcer le nom de *Rofis*. Il veut fe venger de *Rofis* ; c'eft *Rofis* qui l'occupe ; il va, le lendemain, chez un de fes amis & lui confie fes chagrins ; cet ami lui confeille de févir contre la petite perfonne & de la rendre folle de lui, pour lui apprendre à mieux connoître les ufages. Le Chevalier court chez elle fans différer ; on lui dit qu'il n'eft pas jour ; que Mademoifelle eft indifpofée, & ne veut voir perfonne. Voilà un homme au défefpoir ; il veut entrer malgré la Duegne, ce lutin octogénaire qui veille aux portes de la Déeffe. Le Chevalier eft obligé de céder ; le foir il s'oriente, il cherche où il ira paffer fon temps ; il veut aller au fpectacle : mais il donne la préférence à la Marquife ; il croit lui devoir cette marque de fouvenir, & s'applaudit d'un procédé, lorfqu'il n'eft conduit que par le défœuvrement. Le mouvement qu'elle éprouve en le voyant ne peut fe décrire. Elle pâlit, rougit ; le cour-

roux s'allume dans fon cœur, & vient ex-
pirer fur fes levres. Elle veut affecter de la
froideur ; fes yeux la démentent : fes yeux
peignent l'amour irrité ; mais c'eft toujours
l'amour. Le Chevalier qui s'apperçoit du
trouble de M. *de Terville* eft d'abord fort
embarraffé. Enfin , de propos en propos,
il a l'audace de lui demander le fujet de fa
trifteffe. Et c'eft vous , lui répond-elle vivement , c'eft vous qui me faites cette queftion ! Vous voulez vous cacher même que
vous êtes l'auteur de mes peines. Vous crai-
gniez , fans doute , que cet aveu ne me
flattât. Ah ! *Floricourt*, que vous avois-je
fait ? Tout mon crime a été de vous aimer.
Etoit-ce à vous de m'en punir ? Je ne fçais
point , comme vous , déguifer mes fentimens. Je vous ai laiffé voir ma tendreffe.
Jouiffez de mes reproches ; qu'ils augmen-
tent votre triomphe. Ah ! Madame , que
dites-vous, lui dit *Floricourt* ? Ils ne ferviront
qu'à me faire fentir mes crimes , & à m'infpirer le defir de les réparer. Je ne fçais quelle
fatalité m'a privé , depuis quelques jours ,
du plaifir de vous voir. Mille occupations ,
mille importunités..... Arrêtez , Chevalier , reprend la Marquife , vos excufes feroient de nouveaux torts : rien n'a dû vous
difpenfer de l'obligation où vous etiez de
me voir. La foibleffe d'une femme fenfible
eft un engagement facré pour un homme

qui penfe. Ce n'eft point à moi à rougir
de ma conduite. Je fuis Amante & facile
à tromper. Rougiffez de la vôtre, vous qui
vous êtes déguifé pour me feduire ; vous
qui avez enhardi des fentimens que vous
ne vouliez point partager ; qui m'avez prife
pour victime d'une ridicule & barbare vanité.
L'action avec laquelle M. *de Terville* parloit,
animoit fon teint des plus vives couleurs ;
elle n'avoit jamais été fi belle. Le Chevalier qui fçait mettre tout à profit, prend
une réfolution fecrette de demander fa grâ-
ce, & de faire fceller fon pardon par la
main du plaifir. Il tombe aux genoux de la
Marquife, il paroît touché, attendri ; il
renouvelle fes fermens, il devient même
téméraire. Non, lui dit-elle, en l'arrêtant,
non, Monfieur, n'efpérez plus rien de moi,
jufqu'à ce que vous m'ayez convaincue de
la vérité de vos difcours. Je me croyois ai-
mée, quand je vous ai donné des preuves
de ma tendreffe, cette incertitude me juf-
tifioit à mes yeux. Un amour délicat, lorfqu'il eft payé de retour & qu'il eft fondé
fur des fermens, peut être avoué par la vertu. Aujourd'hui que je doute de votre cœur,
ma foibleffe n'auroit plus d'excufe. Je vous
donnerois des titres pour me tromper. Si
je fuis affez malheureufe pour ne vous point
infpirer de l'amour, je veux au moins me
ménager des droits fur votre eftime. Ne

regardez point ma réſiſtance comme un ra-
finement de coquetterie. Vous vous trom-
periez; je n'ai conſulté que mon cœur. Je
vous aime autant qu'on peut aimer. Il ne
tient qu'à vous de faire mon bonheur. Con-
duiſez-vous d'après cette aſſurance, & laiſſez moi goûter bientôt le plaiſir inexprimable de vous pardonner. Le Chevalier,
étonné de la fermeté de la Marquiſe, fait
encore quelques tentatives. M. *de Terville*
eſt plus infléxible qu'il n'eſt entreprenant :
il ne conçoit plus rien aux femmes.

CEPENDANT la noble ſincérité de la Marquiſe, en le déſeſpérant, lui en impoſe,
& lui inſpire un reſpect involontaire. Tant
de franchiſe, de tendreſſe & de beauté, auroit dû ouvrir les yeux au Chevalier; mais
*Roſis* éclipſe par ſa coquetterie les charmes
naturels & les graces de M. *de Terville*. Il
commence même à compter les inſtans qu'il
a paſſés avec elle. Il la quitte en lui réï-
térant les plus belles proteſtations. Vous ſor-
tez, lui dit la Marquiſe; n'eſt-ce pas pour
me trahir ? Ah! Chevalier, que vous me
rendez malheureuſe! Demeurez···· Que
dis-je ? Non, partez, mais ne vous ſéparez
de moi que pour réfléchir à mes procédés,
à mon attachement, à mes malheurs····
*Floricourt* prend congé d'elle : il n'avoit
point fait un pas, qu'il avoit déjà oublié

ſes inſtances. Il retourne chez *Roſis* : elle étoit ſortie. Quel coup de foudre ! Il court de Spectacle en Spectacle , point de *Roſis*. Il faut bien ſe réſoudre à ne la point voir. Le lendemain il lui écrit : on lui répond qu'on l'attend ſur le ſoir. Que le ſoir eſt lent à venir ! Il arrive enfin. *Floricourt* vole. Elle étoit dans ſon jour de belle humeur. Elle ſçavoit que le Chevalier , fêté comme il étoit, pourroit bien lui échapper, ſi elle s'armoit d'abord d'une rigueur trop marquée. Avant que de triompher , il falloit aſſurer ſa victoire. Cette ſoirée étoit deſtinée à ce projet. *Roſis* eſt négligemment couchée ſur un ſopha. Son rouge plus pâle qu'à l'ordinaire mêle une nuance de langueur à la vivacité de ſes yeux. C'eſt *Vénus* dans ſon repos. Que *Floricourt* ſe promet d'heureux momens ! Il ſe place à côté d'elle : la converſation s'anime. *Roſis* eſt d'une gaîté extravagante. *Floricourt* , qui voudroit que l'entretien devînt plus ſérieux , lui fait très-promptement ſa déclaration. Elle le trouve on ne peut pas plus plaiſant. Elle ſe leve , fait un tour dans la chambre , regarde le Chevalier avec des yeux moitié tendres, moitié ironiques. C'eſt un *Protée*. Le ſentiment , l'indifférence, la décence, le libertinage, tout ſe confond & ſe peint , en un moment , dans ſes yeux. *Floricourt* la ramene inſenſiblement ſur le ſopha. Il ſe jette

à ses genoux ; il lui prend la main. Il étoit
sur le point d'être plus hardi. Venez, venez,
dit-elle, en se levant brusquement, venez
voir une emplette charmante, la plus jolie
robe ; peste soit de la robe, dit tout bas
le Chevalier. En même temps *Rosis* prend
une bougie, & le conduit malgré lui. Il
est obligé de s'extasier sur le goût exquis
de cette robe, sur la beauté du dessein, la
vivacité des couleurs. Il est consumé d'a-
mour, de dépit : ce n'est pas tout ; *Rosis*
lui déploie adroitement toutes les richesses
de son écrin, & sans affectation, a soin
de faire observer qu'il lui manque une Sultane. Il faudra quelque jour, dit-elle, que
je me fasse ce cadeau. *Floricourt* entrevoit le
sens du propos ; mais il ne songe, pour
le moment, qu'à assurer sa conquête. *Rosis*
revient à la même place ; il reprend son
poste. Un sourire de *Rosis* lui fait croire
l'instant décisif. On entend du bruit : on annonce. C'étoit le Comte *de \*\*\** l'Amant de
fantaisie. *Rosis*, qui vouloit tourmenter *Floricourt*, avoit prévenu le Comte de venir à
cette heure. Ce qu'elle avoit prévu arriva.
Le Chevalier devint furieux, la jalousie est
peinte sur son front. Enfin ne pouvant plus
la contenir, il est obligé de sortir. *Rosis* le
reconduit avec toutes les graces imaginables.
Elle avoit juré d'être charmante ce soir-là. Il
rode long-temps autour de la maison pour

voir si le Comte en sortira. Il se lasse enfin d'errer à la belle étoile, & de confier ses soupirs aux vents. Notre amant retourné chez lui, pour réfléchir aux incidens d'une intrigue aussi surprenante : l'amour-propre se met de la partie. Quoi, dit-il, j'aurai triomphé d'une honnête femme, & je ne pourrai venir à bout de *Rosis* ! Il songe au moyen de la fléchir. Il se ressouvient qu'elle lui a fait entendre qu'il lui manquoit une Sultane : il veut lui en donner une. Il n'avoit plus chez lui que trois cens louis destinés à acquiter une Lettre de change, dont on poursuivoit le payement depuis dix jours. Il se résout à les sacrifier ; on lui apporte la Sultane. Il n'a rien de plus pressé que de l'envoyer à *Rosis* : il n'étoit pas midi ; *Rosis* reposoit. Sa vieille sentinelle fait d'abord quelques difficultés pour laisser entrer ; mais comme elle s'apperçoit que c'est un présent, elle relâche un peu de sa severité, & croit qu'elle peut en toute sûreté reveiller Mademoiselle. Mademoiselle, en se réveillant, crie, tempête, s'emporte contre le Chevalier & la Duegne ; elle demande ce que c'est ; on lui présente la boîte qui renferme la Sultane ; elle l'ouvre, y jette un coup d'œil, ordonne qu'on mette cela sur la cheminée, & recommande qu'on la laisse dormir. Le Valet-de-chambre vient rendre compte de son

meſſage à ſon Maître qui paroît très-mécontent.
Il reſpecte cependant les caprices de ſa dédai-
gneuſe Divinité ; il ſe reproche d'avoir troublé
ſon ſommeil, & ſe flatte d'être mieux reçu.

IL ſe rend chez elle à l'iſſue de ſon dîner,
& la trouve à ſa toilette. Elle en avoit pour
juſqu'au ſoir. La vieille étoit là qui exami-
noit en deſſous & avec un ſourire infernal
la figure allongée du Chevalier. En vérité,
Monſieur, lui dit *Roſis*, vous êtes un cruel
homme ! Vous me faites réveiller, ce matin, à je ne ſçais quelle heure. Vous êtes
cauſe que j'ai les yeux horriblement bat-
tus. Le Chevalier demeure pétrifié, con-
fondu par un pareil reproche ; il croyoit
bonnement que l'envoi du matin avoit dû
diſſiper ces nuages, & qu'elle n'avoit point
à ſe plaindre de ſon reveil. Dans une autre
circonſtance, il auroit prodigué à *Roſis* tout
le mépris qu'elle méritoit ; ſa paſſion le
rend ſouple & ſoumis ; il adore, il déïfie
les caprices de ſon impertinente maîtreſſe.
A meſure qu'elle eſt plus inſolente, il eſt
plus amoureux ; de fat, il eſt devenu ſot.
L'Amour eſt le Dieu des métamorphoſes.
*Floricourt* attend avec impatience la fin de
la toilette. On demande la Sultane, il eſpé-
re qu'elle va lui valoir au moins un coup
d'œil favorable, un ſourire de protection.
On l'eſſaye avec indifférence ; on ne paroît pas même ſe ſouvenir de qui on tient

ce préfent. Je n'en puis plus, je me meurs,
dit *Rofis* ; Chevalier , laiffez-moi libre , je
vous prie. Quel ordre foudroyant ! il veut
murmurer quelques plaintes ; *Rofis* commande en Reine ; il faut obéir. Il fort enfin,
en montrant à fon tour de l'humeur, dont
on ne s'apperçoit feulement pas.

Il raffemble tous les incidens qui peuvent
l'aigrir davantage. Le premier jour qu'il
voit *Rofis* il perd cent louis avec elle ; quatre
fois il eft fur le point d'en triompher ; il
eft quatre fois arrêté au milieu de fa conquête. Il lui envoie une aigrette de diamans
magnifiques. Cela lui donne de l'humeur.
A ces réfléxions il oppofe les procédés de
la Marquife , d'une femme jeune , aimable,
pleine d'efprit & de raifon, qu'il trahit,
qu'il deshonore , & qui fe permet à peine
la plainte & le reproche ; ces idées l'agitent,
l'inquiétent , le tourmentent, mais ne le
changent pas ; elles ne fervent qu'à donner
plus de vivacité à fon amour. Il eft étonnant
que les hommes ne tiennent jamais plus
qu'aux attachemens qui les font rougir. Pour
comble de difgrace , il eft arrêté en ren-
trant chez lui, & conduit en prifon pour
la Lettre de change qu'il devoit acquitter ;
il écrit à fes meilleurs amis ; il les preffe
de le tirer de ce mauvais pas. Ses meilleurs amis lui témoignent beaucoup de re-

grets & ne lui donnent aucun secours. Il mande à *Rosis* le malheur qui lui est arrivé; elle fait répondre froidement qu'elle en est au désespoir. En effet l'accident est fâcheux, ajoûte en souriant le Comte de ***. On rapporte au Chevalier le propos du Comte, avec le sourire ironique dont il étoit accompagné. Ce dernier coup l'accable. Insulté, trahi, privé de sa liberté, ce n'est plus ce Petit-maître superbe qui avoit les charmes & les aîles de l'Amour; c'est un homme courbé sous le poids des humiliations, & qui ne jouit pas même du droit consolant de se venger.

Son aventure s'étoit répandue dans le monde. La Marquise avoit appris sa nouvelle passion, & l'accident qui en étoit la suite. Dans le premier moment elle éclate en reproches, jure de ne le revoir jamais, puisqu'il lui a préféré une aussi indigne rivale; il lui échappe tout ce que l'amour-propre irrité, tout ce que la jalousie peut inspirer à une femme outragée. Suis-je assez avilie, dit-elle, assez confondue ? Qui suis-je donc, puisque la plus méprisable des femmes l'emporte sur moi! Qui suis-je, malheureuse! Ah! perfide!... ah cruel *Floricourt*!... Et je l'aimerois encore! Moi t'aimer! Aimer un traître qui me fait rougir! Non... Je renonce à toi. Va, languis dans les plus hon-

teufes chaînes ; ne recueille dans tes amours
que les fruits amers du repentir. Puiffes-tu
vivre dans la honte & mourir dans les regrets ; Sexe de tyrans, hommes trompeurs
& barbares , n'efpérez plus me féduire !
Qu'avez-vous à prétendre , vous qui vous
armez de notre foibleffe , pour faire valoir
l'orgueil de vos droits , qui nous parez de
fleurs comme des victimes qu'on doit im-
moler , qui vous plaifez enfin à jetter le
trouble & les allarmes dans des ames faites
pour le repos & l'amour ?

C'eft ainfi qu'elle laiffe échapper les premiers tranfports de fon courroux ; mais bientôt fa générofité , fa douceur naturelle pren-
nent le deffus ; elle s'attendrit par degrés
fur le fort d'un malheureux qu'elle aime ;
& , par une fuite de fon caractere , elle fe
fait une obligation de lui être utile. Elle
favoit pour quelle fomme *Floricourt* étoit
dans les fers. Il n'avoit jamais ofé s'adreffer
à elle ; il l'avoit trop offenfée. Elle fe détermine à vendre des bijoux pour trois cens
louis ; mais ne voulant pas que le Chevalier pût foupçonner la main qui brifoit fes
liens , elle fait venir un vieux domeftique
qui vivoit de fes bienfaits, & qui par de
longs fervices avoit mérité fa confiance. Cet
homme étoit abfolument inconnu à *Floricourt*. Elle lui ordonne d'aller lui porter la

fomme, & lui recommande expreffément de ne la point déceler. Quelle fut la furprife du Chevalier en recevant cet argent ! il cherche à découvrir fon bienfaiteur. Il a beau preffer celui qui eft chargé du meffage, il ne peut tirer aucun éclairciffement. Enfin, ravi, enchanté, il envoye payer fa dette & fort. Que les paffions font tyranniques & aveugles ! le premier pas qu'il fait eft pour fe rendre chez *Rofis*. Il en fut bien puni. Sur le point d'entrer chez elle, il rencontre ce même Comte qui s'étoit fi infolemment applaudi de fa détention. Cet affront revit dans fon cœur ; un mouvement de jaloufie s'y joint. Il aborde le Comte, lui rappelle le propos qu'il a tenu, & lui en demande raifon. Ils vont fe battre. *Floricourt* eft dangereufement bleffé. Il fembloit que tout fe réunit pour venger la Marquife des outrages du Chevalier. *Rofis* apprend ce malheur ; à peine en paroît-elle émue, & M. *de Terville* n'eft pas plutôt informée de cette nouvelle, qu'elle oublie fes reffentimens, & s'abandonne à la douleur la plus vive & la plus fincere.

CEPENDANT *Floricourt* commence à fe rétablir. Dès qu'il peut fe livrer à fes fentimens, il s'étonne de renaître, pour ainfi dire, avec un cœur nouveau : le voile tombe ; le tourbillon qui l'enveloppoit fe diffipe

fipe. Le feu d'un nouvel amour circule dans ses veines. Il voit *Rofis* comme un monftre qui mérite fon indignation, M. *de Terville* comme une Divinité digne de fes hommages ; elle eft l'objet de toutes fes penfées ; il ne parle que pour prononcer fon nom. Mais quel eft fon défefpoir de ne pouvoir aller fe jetter à fes pieds ! La porte de la Marquife lui eft interdite. Il écrit cent lettres qui lui font renvoyées, fans être décachetées. La Marquife l'aimoit encore ; & c'eft parce qu'elle l'aimoit, qu'elle ne vouloit, ni le voir, ni entendre parler de lui. Qu'on juge de la fituation de *Floricourt*, il n'en eft point de plus cruelle ; il joint à l'amour le plus vif le remords de la plus affreufe perfidie. Il adore une femme charmante à qui il a donné le droit de le haïr. Accablé de honte, dévoré de regrets, il eft malheureux par tout ce qui devroit faire fon bonheur. Il fonge aux trois cens louis qu'il a reçus dans la prifon. Une voix fecrette lui dit qu'il doit ce bienfait à M. *de Terville*. Il voudroit en être fûr ; ce feroit un titre pour hazarder de nouvelles tentatives : il pourroit couvrir fon amour du voile de la reconnoiffance ; il ne feroit pas privé du moins du plaifir fi pur de connoître, de chérir, d'adorer fa bienfaitrice. Il regarde fon ingratitude involontaire comme un crime, & ne peut fouffrir une incertitude auffi humiliante. Il n'est plus de plaisir pour lui. Paris n'est plus à ses yeux qu'une solitude immense, où il ne voit que *M. de Terville*. S'il va aux Spectacles, c'est dans l'espérance de l'y appercevoir. Un jour qu'il alloit à l'Opéra, il reconnoît, sur le point d'y entrer, celui qui comme un Dieu tutélaire, lui étoit apparu dans sa prison ; il l'appelle, le fait monter dans son carrosse. Chez moi, dit-il au cocher. Il s'enferme avec cet homme qui ne peut rien comprendre à cette aventure, ni aux transports immodérés de *Floricourt*. Mon ami, rassurez-vous, lui dit-il ; nous voilà seuls ; il faut que vous me rendiez le plus grand des services ; je vous ai reconnu ; vous me reconnoissez sans doute. Vous vous ressouvenez des trois cens louis que j'ai reçus de vous ; qui vous les avoit donnés ? C'est un mystere qu'il faut m'éclaircir à l'instant. Je ne puis, lui répondit le vieux Domestique ; j'ai promis de ne rien dire ; vous ne voudriez pas, Monsieur, me faire manquer à mon devoir & à ma parole. Veux-tu me désespérer, reprend *Floricourt* ? Apprends que ma vie dépend de cet aveu. Que crains-tu ? En te taisant, tu dérobes à l'Auteur d'un belle action la gloire qui doit lui en revenir, & à moi le plaisir inexprimable de la reconnoissance. Si tu parles, il n'y a rien que tu n'obtiennes de moi ; je te promets que ta fortune est faite. J'ai léjà des foupçons ; tu ne feras qu'éclaircir nes doutes. Non, Monfieur, répond-t-il au Chevalier, & vos offres font une raifon de lus pour que je me taife. *Floricourt* hors le lui-même, crut qu'il falloit l'intimider, uifqu'il n'avoit pû le corrompre. Tu par-.eras, dit-il avec fureur, ou je ne réponds oint de mes tranfports. Apprends que ton ilence me deshonore, que tu deviens le omplice de ma honte ; je ne te donne lus qu'un moment ; parle ou tremble. Il étoit inébranlable. *Floricourt* ne fe poffède lus ; il tire fon epée, & le menace de 'en percer. Ce Bon-homme que l'appas du gain n'avoit pû féduire, ne peut réfifter à a crainte ; il tombe prefque fans connoif-ance, & avoue d'une voix tremblante & ntrecoupée, qu'il avoit reçu cet argent de Л. *de Terville*... De M. *de Terville*, s'écrie e Chevalier ? Qu'entends-je... C'en eft ffez... Ne crains rien... Je me charge de on indifcrétion. Prends toujours cet argent jue je t'ordonne d'accepter, en attendant .e nouveaux bienfaits. Je ne puis t'en dire avantage. Va... Je ne me connois plus ; u viens de me rendre le plus heureux de ous les hommes. Il vole auffi-tôt chez a marquife. Il prie, il preffe, il follicite n vain ; la porte lui eft refufée. Sa paffion aveugle ; il s'oublie jufqu'à faire violence a Suiffe ; il pénétre dans l'appartement de

M. *de Terville*, & se jette à ses genoux qu'il arrose de ses larmes. La Marquise interdite, mais intérieurement flattée de cet emportement, voulut s'armer de rigueur. *Floricourt* mit tant de vérité, tant de chaleur dans les expressions de sa reconnoissance & de son amour, qu'elle consentit à lui pardonner, à condition qu'il lui donneroit le temps de l'éprouver. Sa conduite fut si sage, ses mœurs si honnêtes, ses regrets si soutenus, ses égards si multipliés, qu'il ne lui laissa plus le moindre nuage. Il créa pour elle, si je puis m'exprimer ainsi, un nouvel art de plaire, des attentions inconnues jusqu'alors. Il ne trouvoit pas de moyen plus sûr & plus flatteur de mériter son amour, que de se distinguer dans le monde. Chaque honneur qu'il obtenoit étoit un hommage pour la Marquise; il avoit été un modele de fatuité & d'extravagance; il devint l'exemple des Amans délicats, & prouva qu'il n'y a point d'homme, quelqu'étourdi, quelque vicieux qu'il soit, qu'une femme aimable & sensible ne ramene, pourvu qu'il ait un cœur. *Floricourt* épousa M. *de Terville*; Il y a deux ans qu'ils sont unis; leur amour & leur bonheur n'ont encore rien perdu de leur premiere vivacité.

FIN *de la seconde Partie.*

)

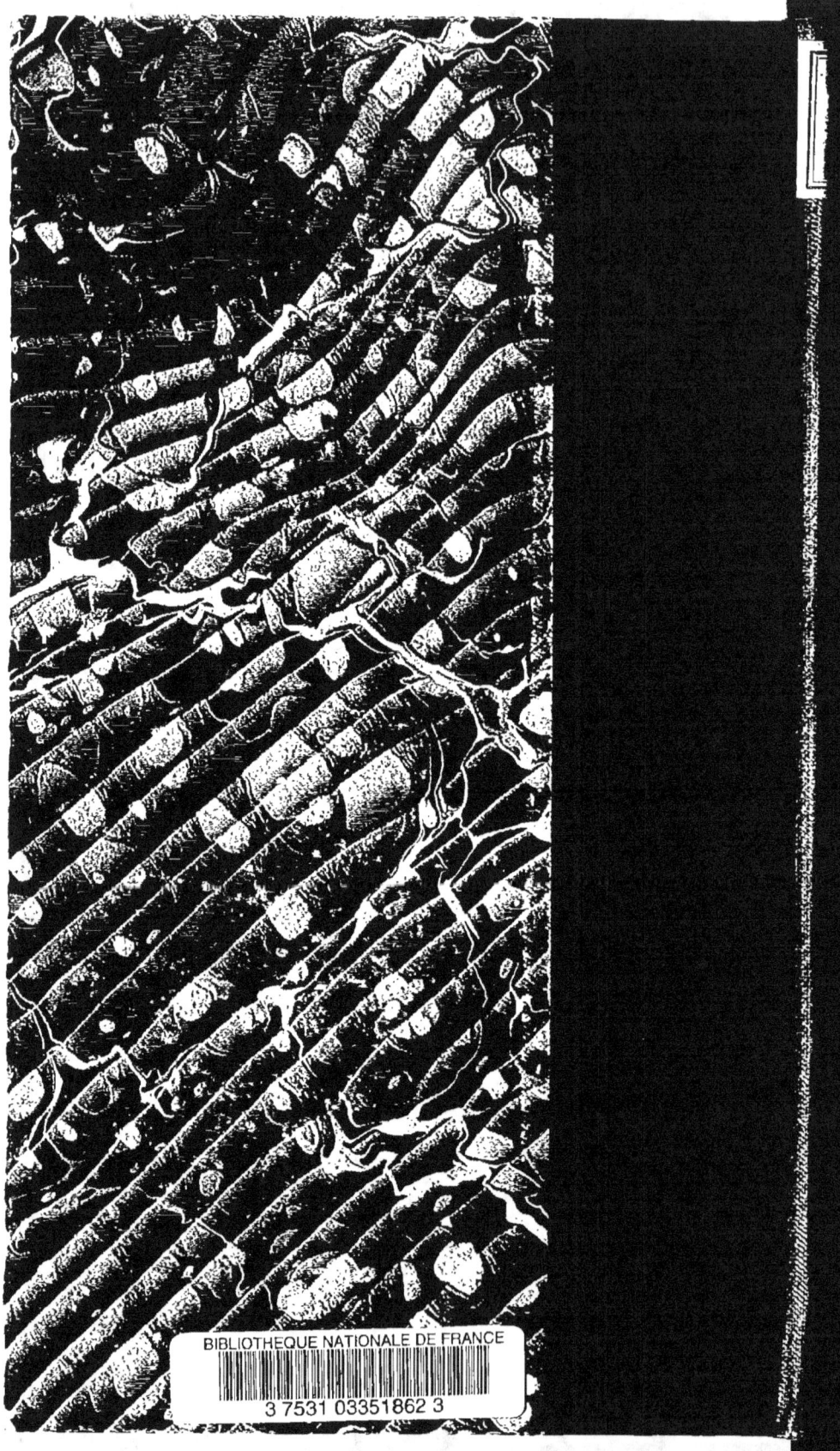